KB123794

로크미디어가
유혹하는
재미있는 세상
ROK
MEDIA
로크미디어

이것이 삶이다

이것이 법이다 58

2019년 2월 21일 초판 1쇄 인쇄
2019년 2월 26일 초판 1쇄 발행

지은이 자카예프
발행인 이종주

기획 팀 이기헌 왕소현 박경무 이승제
책임 편집 최전경

발행처 (주)로크미디어
출판등록 2003년 3월 24일
주소 서울시 마포구 성암로 330 DMC첨단산업센터 3층 318호, 319호
Tel (02)3273-5135 **Fax** (02)3273-5134
홈페이지 rokmedia.com **E-mail** rokmedia@empas.com

값 8,000원

ISBN 979-11-294-0841-9 (58권)
ISBN 979-11-255-9575-5 04810 (세트)

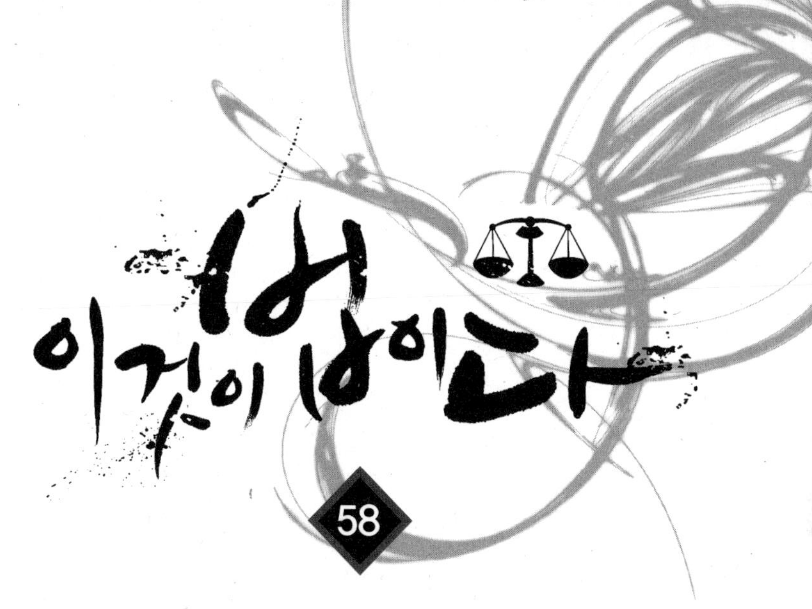

자카예프 장편소설

이 소설은 픽션입니다.
등장하는 인물 및 지명 등은 현실와 연관이 없습니다.
또한 소설 내에 나오는 법이나 법리 해석의 경우에도 대중문학의 극적 전개를 위하여 일부분 과장되거나 변형된 것이 존재하니 실제 법과 혼동하지 않으시길 바랍니다.

CONTENTS

도둑이 제 발 저린다

"응?"

노형진은 출근하다가 아침부터 선글라스를 쓰고 있는 아줌마를 보고 고개를 갸웃했다.

노형진은 상당히 이른 시간에 출근하는 편이다. 그런데 그런 아침에 선글라스를 쓰고 음식물 쓰레기를 버리러 나오는 사람이 이상하게 보일 수밖에 없었다.

노형진은 이내 이유를 예상하고는 씁쓸하게 고개를 흔들었다.

'미친놈인가 보네.'

물론 그 아줌마를 그렇게 생각하는 것은 아니다.

아마도 사건의 주범일 남편을 욕하는 것이다.

나이는 대략 40대 후반에서 50대 초반.

그녀는 잽싸게 음식물 쓰레기를 버리다가 노형진과 눈이 마주치고는 깜짝 놀라 후다닥 고개를 돌려 버렸다.

전형적인 매 맞는 아내의 모습.

"저기요."

노형진이 다가가자, 여자는 주춤주춤 뒤로 물러났다.

그런 그녀에게 노형진은 자신의 명함을 꺼내 건넸다.

"이거 가지고 가세요."

"누구세요?"

"이 동네에 사는 변호사입니다."

"변호사……."

"무슨 생각을 하시는지 알아요. 걱정되시는 것도 알구요. 하지만 이것만 알아 두세요. 그렇게 살아 줄 가치가 없는 놈입니다."

"네?"

"인간의 가치를 모르는 사람이랑, 자신을 희생하면서까지 살 이유는 없습니다."

"그게 무슨 말이에요?"

"뭐, 제가 뭐라고 한다고 해도 안 들으시겠다면 더는 말씀 드리지 못하겠지만, 자신의 가치를 너무 낮게 보지 마세요."

"……."

"미래도 걱정하지 마시구요. 적절한 증거만 있다면 재산 분할에서 압도적으로 유리할 수 있습니다."

"……."

"혹시나 생각이 있으면 절 찾아오세요. 도와드리겠습니다."

노형진이 거기까지 말하자 잠깐 주춤하던 여자는 잽싸게 명함을 받아 들었다.

그리고 뒤도 안 돌아보고 후다닥 아파트 안으로 들어갔다.

'찾아오려나?'

그 뒷모습을 바라보던 노형진은 고개를 흔들었다.

'뭐, 자기가 선택하겠지.'

매 맞는 여자들이 남편을 떠나는 것은 쉬운 일이 아니다.

자존감이 바닥을 치고 있어 떠나는 것을 두려워하기 때문이다.

매년 수많은 아내와 남편이 매를 맞고 병원으로 실려 온다.

그럼에도 불구하고 그들은 떠나지 않는다.

심지어 어떤 경우에는, 자신을 때리는 배우자와 함께 도와주려고 하는 사람을 고발하기까지 한다.

"내가 나서는 건 여기까지."

정의감이 넘치기는 하지만 도움을 거절하면 자신이 할 수 있는 것은 없기에 노형진은 미련 없이 그곳을 떠났다.

⚖

노형진이 그 사건을 잊을 때쯤, 사건을 배당하는 부서에서 그를 찾아왔다.

"노 변호사님, 사건이 들어왔는데요?"

"사건요?"

"네. 그런데 노 변호사님 명함을 가지고 계시던데요?"

"제 명함이야 사방에 뿌리고 다니는 건데요."

"일반 명함 말고 사건용요."

"사건용이라고요? 일단 들어오시라고 하세요. 들어 봅시다."

노형진에게는 두 가지 종류의 명함이 있다.

하나는 업무용 명함.

이건 업무와 관련해서 주변에 흔하게 뿌리는 용도다.

그리고 사건용 명함은, 사건이 들어오면 직접 맡을 생각인 경우에만 뿌리는 것이다. 당연히 그 명함은 거의 사용되지 않는다.

그런데 그걸 들고 있다고?

"들어오세요."

안내를 받으면서 들어오는 두 사람.

한 명은 노형진이 아는 사람이었다.

정확하게는, 쓰고 있는 선글라스를 알아보았다는 것이 맞는 말일 것이다.

"엄마, 얼른 들어와!"

"……."

"아, 진짜 나 또 화낸다."

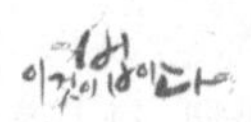

그리고 그 옆에서 화내는 젊은 여자.

그녀는 선글라스를 쓴 여자를 반쯤 강제로 끌고 들어오고 있었다.

"누구신지?"

"안녕하세요. 엄마 딸인…… 아니, 아니…… 서지아라고 합니다."

"아, 네. 그런데 어머님은 전에 뵌 분이시네요."

"네, 저희 엄마 때문에 왔어요."

"난 안 한다니까."

"아, 진짜! 나 진짜로 화낸다? 응? 나 화내는 거 보고 싶어? 언제까지 그렇게 살 건데?"

엄마를 반쯤은 강제로 끌고온 서지아는 강제로 그녀를 자리에 앉도록 하고는 마치 지키려는 듯 그 옆으로 앉았다.

"우리 엄마 이혼 좀 시켜 주세요."

"네?"

노형진은 살짝 당황했다.

대부분의 경우 자녀들은 이혼을 반대하는 입장이다. 가정이 깨진다는 것은 상당한 충격을 동반하는 사건이기 때문이다.

그런데 엄마를 이혼시켜 달라니?

'그런 경우는 하나뿐인데.'

특히나 지금처럼 한쪽의 이혼을 전적으로 편드는 경우는 다른 한쪽이 도무지 답이 없는 사례가 대부분이다.

"아, 제가 어머니 성함도 모르는데."

"네?"

"우연이 뵌 거라서요."

"아, 그래요?"

그렇게 해서 이야기를 듣기 시작한 노형진.

엄마의 이름은 한숙자. 나이는 48세로, 예상대로 전업주부였다.

'하긴, 매 맞는 여자들 중에는 주로 전업주부가 많지.'

외부에 매 맞는다는 사실이 드러나지 못하게 하기 위해, 외출하는 것을 용납하지 않기 때문이다.

그리고 외부에서 일하는 과정에서 자존감이 높아지는 것도 이유가 되고.

"그런데 아버지와 이혼시키고 싶다고요?"

"네. 저뿐만 아니라 동생도 동의했어요."

"동생요?"

"네. 남동생이 하나 있는데 군대에 있어요. 지금 일병이에요."

"그래요?"

노형진은 그 말을 듣고 생각보다 일이 심각할지도 모른다 싶었다.

군대에 간 자식은 보통 가정이 무너지는 것을 두고 보려 하지 않으니까.

그런데 그런 그조차 찬성한다니.

거기에다 현재 일병이라 했으니 가장 힘든 시기인데 찬성할 정도라면…….

"음…… 자세한 이야기를 들어 볼까요?"

노형진이 나긋나긋하게 물어보자 한숙자는 애써 목소리를 높였다.

"아니, 난 이혼 안 한다니까!"

"엄마! 그 인간이랑 왜 그렇게 살려고 해? 이제 엄마 인생을 찾아."

"내가 아니면 너희 아빠 식사는 누가 챙겨?"

"아니, 엄마가 무슨 식모야? 식모도 그것보다는 더 대우받아. 도대체 왜 그렇게 살려고 해?"

"너희 아빠가 잠깐 그러는 건데, 뭘."

"뭐가 잠깐이야! 내가 그 인간이 하는 짓거리를 20년 넘게 봤는데!"

바락바락 소리를 지르는 딸과 이혼하지 않겠다고 하는 엄마.

그들을 보면서 노형진은 정리할 필요가 있음을 느꼈다.

자신은 변호사다. 당사자의 의사가 없으면 아무런 행동도 할 수가 없는.

"한숙자 씨."

"네."

"진짜 이혼 안 하실 거예요?"

"안 해요. 애들이 그냥 실수한 건데……."

'실수라…….'

스물두 살 먹은 딸과 스무 살 먹은 아들이 동시에 아버지를 욕하면서 실수할 가능성이 얼마나 될까?

물론 그렇게 자극해 봐야 의미가 없다.

진짜 의미가 있는 것은 본인 스스로를 자극하는 것.

"그런데 왜 안 버리셨어요?"

"네?"

"제가 명함드린 지가 벌써 3주짼데 안 버리셨잖아요."

자신이 준 명함은 흔하게 구할 수 있는 게 아니다.

즉, 한숙자가 가지고 있었다는 소리다.

"맞아! 내가 왜 여기로 끌고 왔는데!"

서지아가 우연히 그녀의 서랍에서 감춰진 명함을 보고 끌고 온 것이었다.

"엄마가 진짜 그 인간이 정상이라고 생각한다면 그걸 가지고 있을 이유도 없었잖아?"

"그건……."

한숙자는 갑자기 입을 꾸욱 다물었다.

부정할 수가 없었다.

마음 한구석 어디에선가는 이혼해야 한다는 걸 느끼고 있었다.

하지만 두려웠다.

세상으로 나가기에, 자신은 나이가 너무나 많고 너무나 힘들었다.
사회적으로 경험도 없고 일해 본 적도 없다.
평생 한 거라고는 밥하고 빨래뿐인데…….
"왜 그렇게 겁을 내! 우리가 엄마 도와준다니까! 그런데 그 인간이랑 같이 있으면 도와주고 싶어도 못 도와줘!"
아버지를 그 인간이라고 부르면서 화를 내는 서지아.
"진정하시고, 한숙자 씨가 걱정하는 그런 일은 일어나지 않을 테니 걱정하지 마세요."
"제가 걱정하는 거라니요?"
"이혼하면 사건마다 재산 분할이 다르기는 하지만 혼인 파탄의 책임이 상대방에게 있으면 더 많은 재산을 받아 낼 수 있지요. 그리고……."
노형진은 서지아를 물끄러미 바라보면서 말했다.
"만일 그 책임이 한숙자 씨에게 있다면 따님이 이렇게 나서서 이혼하라고 설득할 것 같지는 않네요."
"맞아요!"
서지아는 격하게 흥분했다.
"제가 세상 살면서 온갖 개잡놈을 다 봤지만 그 인간 같은 잡놈은 없었다니까요."
"지아야!"
"엄마, 내가 틀린 말 했어? 그 사람이 인간이야? 인간이냐고!"
서지아는 화를 버럭버럭 냈다.

보아하니 쌓인 게 많은 듯했다.

'당연하다면 당연한 건데…….'

아내에게 안 좋은 남편인 인간이 아이들에게 좋은 아버지일 가능성은 제로에 가깝다.

그러니 자식도 저렇게 치를 떨 수밖에 없으리라.

"어머님, 당장 결정하시라는 게 아닙니다. 하지만 자신이 당한 걸 이야기하는 것만으로도 억울한 감정은 많이 사라지실 거예요."

"……."

"처음에는 뭐든 힘든 법입니다. 평생 이렇게 사실 건 아니시잖아요?"

"그건……."

"지금이야 아이들이 이렇게 지켜 주려고 하지만, 나중을 생각하셔야지요."

아들딸 두 사람도 언젠가는 결혼하고 각자의 가정을 꾸리게 될 것이다.

그렇게 되면 그 남편이라는 인간의 폭력은 오로지 그녀에게로만 향하게 된다.

"그 시기에 맞아 죽는 분들, 의외로 많습니다."

"네? 뭐라고요?"

두 사람은 깜짝 놀랐다.

그건 전혀 예상하지 못했던 말이었기 때문이다.

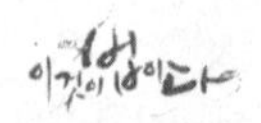

하지만 현실은 언제나 예상을 뛰어넘는다.

"자녀들이 결혼할 때가 되면 대부분의 분들이 체력이 부족한 어르신들이지요. 거기에다 집에서 말려 주거나 하던 사람들도 없게 되는 셈이고요. 그래서 과도한 폭력이 난무하게 됩니다."

"과도한 폭력?"

"네. 대부분 그 정도 나이가 되시면 정년퇴직을 하니까요. 정년퇴직을 한 남자들이 할 게 뭐 있겠습니까? 술 마시고 소일거리 하는 거지."

갑자기 한숙자가 부르르 떨었다.

'역시나.'

노형진이 이런 말을 한 이유는, 보통 저런 인간들은 술을 마시면 사람을 괴롭히거나 패는 버릇이 있기 때문이다.

그나마 직장에 다닐 때는 출근해야 하니 자제라도 하는데 정년퇴직하면 그조차 아니다. 그래서 매일같이 술을 마시는 사람들도 많다.

"엄마!"

아무래도 서지아는 엄마가 당장이라도 맞아 죽을 거라 생각했는지 언성을 높였고, 한숙자 역시 얼굴이 사색이 되었다.

"주사가 심한가 보군요."

"주사요? 차라리 주사로 혼자서 헛소리하는 거면 참기라도 하지요."

서지아는 한숨을 쉬면서 말했다.

"술 먹으면 사람 패는 건 기본이고, 우리를 무슨 병신 보듯 하면서 자기는 잘났는데 자식들은 실패자 취급하고, 엄마는 그냥 식모, 아니 노예로 취급해요. 매일같이 주먹질을 하고, 거기에다 의처증이 얼마나 심한지 하루에도 몇 번씩 집에다가 전화해서 엄마가 집에 있는지 확인한다니까요!"

"그래요?"

"네. 오늘도 제가 동행하지 않았다면 집 바깥으로 나오지도 못했을 거예요."

오늘 아침에도 그 인간에게 같이 목욕탕에 간다고 사진까지 찍어서 보고한 뒤 이쪽으로 택시를 타고 날아오듯 왔다는 것.

"저야 이제 직장을 구해서 나왔고 동생도 군대에 가 있으니 그 인간 손아귀에서 벗어나긴 한 거지만, 엄마는 어떻게 해요?"

서지아가 걱정하는 데에도 이유가 있었다. 이제는 엄마를 지켜 줄 사람이 없다는 것.

"심각하군요."

노형진은 그런 그녀의 말을 들으면서 고개를 끄덕거렸다.

그런 인간이라면 이혼을 하는 것은 어려운 일이 아니다.

하지만 이혼은 강제적으로 할 수 있는 것이 아니다. 그건 어디까지나 본인이 원해서 해야 하는 것.

"충분히 소송이 가능한 상황으로 보입니다. 하지만 전 변호사입니다. 아무리 제가 능력이 있어도, 피해자가 원하지 않는다면 소송대리를 못 합니다."

"엄마."

서지아는 한숙자를 바라보면서 입술을 깨물었다.

엄마가 어떤 사람인지 너무 잘 알기 때문이다.

"제발 이혼하자. 그 인간한테 돈 받아서 이러고 사느니 차라리 내가 엄마 먹여 살릴게, 응?"

"……."

"어머님."

"네."

"복수하고 싶지 않으세요?"

"복수요?"

"네. 가능합니다. 어머님이 용기만 내시면요."

"복수……."

한숙자는 입술을 깨물었다.

도무지 용기가 나지 않았다.

"용기는 필요 없습니다. 그냥 더는 맞지 않아도 된다는 것만 생각하세요."

"……."

지금도 그녀는 선글라스를 쓰고 있고, 두꺼운 화장으로 가려져 있지만 조금씩 사라지는 중인 멍도 있었다.

안 봐도 뻔하다. 분명히 맞은 자국이다.

"맞지 않고도 충분히 살 수 있는데 왜 굳이 계속 맞고 살려고 하십니까?"

"진짜인가요? 더는 맞고 살지 않을 수 있어요?"

"네."

한숙자는 입술을 깨물었다.

미래에 맞아 죽는다는 것, 그리고 재산적 문제 같은 건…… 다 필요 없었다.

하지만 매일같이 맞고 사는 지금의 상황에서 벗어날 수만 있다면…….

"그러면 이혼할게요."

그녀는 떨리는 목소리로 애써 말했다.

"이혼이라……."

손채림은 흔하지 않은 사건임을 알기에 신기하다는 듯 노형진을 바라보았다.

"넌 보통 이혼소송은 안 하잖아?"

"이런 경우는 특수하지."

이혼은 흔한 사건 중 하나이고 또 특수한 케이스가 드물어서 노형진이 따로 하는 경우는 없었다.

하지만 이번만큼은 노형진이 하기로 한 것이다.

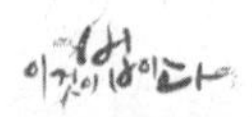

"이번 일이 왜 특수해?"

"뭐, 다른 사건이랑 많이 겹치는 부분이 있잖아. 재산 분할이나 폭행이나 기타 등등."

"흠……."

"그리고 상대방이 호락호락한 인간도 아니고."

"하긴."

서강판.

3급 공무원으로, 상당한 힘을 가진 사람이다.

적어도 법원에 압력을 가할 정도의 힘은 가지고 있다.

그러니 쉽게 할 수 있는 사건은 아니다.

"그나저나 어떻게 이러고 살지?"

사건 기록을 정리하던 손채림은 어이가 없다는 듯 고개를 절레절레 흔들었다.

"구타에 가혹 행위에 모욕에 의처증에 돈도 제대로 안 줘? 이건 뭐, 이혼판 종합 선물 세트네. 바람만 안 피웠다 뿐이지."

"아닐걸."

"아니라니?"

노형진은 그 부분을 보면서 머리를 긁적거렸다.

"음…… 이런 말이 있지. 부처 눈에는 부처만 보이고 돼지 눈에는 돼지만 보인다."

"그게 무슨 소리야?"

"의처증에 관한 이야기야."

"의처증?"

"그래. 이 인간, 의처증이 심하다고 했지?"

"그래."

의처증이 너무 심해서 매일같이 전화해서 위치를 확인했다고 한다.

심지어 스마트폰이 생긴 이후에는 사진을 찍어 보내라고 해서 위치를 감시하기까지 한다고 한다.

거기에다 위치 추적 앱까지 깔아 놨다고 하니…….

"오죽하면 여기에 오는데 핸드폰을 목욕탕에 맡기고 와?"

목욕탕에 간다고 사진을 찍어서 증명하고 위치를 추적할까 봐 핸드폰까지 맡겨 두고 왔다는 말을 들었을 때, 손채림은 어이가 없어서 혀를 내둘렀다.

"그나마 목욕탕에는 핸드폰을 가지고 들어가지 못하니 망정이지."

그게 가능했으면 아마 내부에서 찍어 보내라고 했을지도 모른다.

"탕 내부에서 찍어서 보내라고 했대."

"뭐?"

"찍어 보내라고 했대, 지난번에는."

"헐, 진짜 미친 새끼 아니야?"

"그래서 딸이 이거 정부에 보고한다고 했더니 그다음부터는 내부에서 찍으라는 소리는 안 한다고 하더라."

그렇게 사람을 못 믿는 인간이 결혼은 도대체 어떻게 한 건지 신기할 지경이다.

"그런데 네가 아까 말한 건 무슨 소리야? 부처 어쩌고."

"아, 부처 눈에는 부처만 보인다는 거?"

"그래. 그게 이번 사건이랑 무슨 관계가 있는 거야?"

"뭐, 간단해. 의처증이나 의부증을 가진 사람의 70퍼센트는 바람을 피우거든."

"뭐라고!"

예상치도 못한 말에 손채림은 깜짝 놀랐다.

의처증이나 의부증은 배우자나 연인이 바람을 피운다고 의심하는 정신적 질병이다.

그런데 그렇게 의심하는 인간의 70퍼센트가 바람을 피운다고?

"그게 사실이야?"

"그래. 정식으로 학계에 드러난 사실이지. 그러니까 내가 아까 그 말을 한 거야. 부처 눈에는 부처만 보이고 돼지 눈에는 돼지만 보인다고."

"아아."

자신이 바람을 피우니까 남도 바람을 피울 거라고 생각하기 쉽다.

그러니 그게 두려워서 결국 의처증, 의부증을 가지게 되는 것이다.

"미친……."

"그리고 내가 봐서는 이 인간, 바람피울 가능성이 아주 농후해."

무려 3급 공무원이다. 절대 낮은 직급은 아니다.

그러니 사방에서 이런저런 유혹이 있을 수밖에 없다.

더군다나 이야기를 들어 보면 이런 의처증이 무려 10년이 넘게 지속되고 있다고 했다.

"의처증이나 의부증을 가진 사람들이 남편이나 아내를 통제하려고 하는 것은 바람피우는 것을 막으려고 하는 이유도 있지만, 한편으로는 자신을 추적하지 않을까 하는 의심이 있어서 그런다는 이야기도 있어."

"가능성이 있는 이야기네."

자기가 바람피우고 있으니 도둑이 제 발 저리는 셈이다.

그러니 혹시나 마주치거나 추적이라도 할까 봐 상대방을 역으로 감시하는 것이다.

물론 진실은 추적을 해 봐야 알 수 있겠지만 실제로 그렇다고 해도 별로 이상할 것은 없다.

"일단 상대방을 인격적으로 무시하잖아. 그건 바람피운다는 다른 증거 중 하나야."

"뭐, 어째서? 그냥 의처증 증상 아니야?"

"의처증이나 의부증은 상대방을 의심하는 거지, 상대방을 무시하는 정신병이 아니야."

의처증, 의부증을 가지고 있지만 도리어 상대방에게 매달리는 경우도 많다.

가령 상대방이 더 잘났다고 생각하는 경우에는, 자신을 버릴까 무서워서 의처증이나 의부증이 발병하는 경우도 종종 있다.

그렇지 않다고 해도 의심이 곧 상대방에 대한 무시로 연결되지는 않는다.

"무시라는 것은 말이야, 상대방과의 비교 대상이 있다는 뜻이거든."

"아."

자신이든 남이든, 일단 비교 대상이 있으니까 상대적으로 무시하게 되는 것이다.

"물론 자신이 비교 대상일 수도 있겠지만……."

그렇지 않을 가능성이 더 높다.

"내 생각에는 그걸 추적하는 게 우선이야."

"일단은 그걸 추적해서 잡아내자?"

"그래. 시작점은 잡아내야 하니까."

그냥 지금 이혼소송을 해도 이길 수는 있다.

아마도 다른 변호사들은 이혼소송을 지금 해 버릴 것이다.

"하지만 그렇게 되면 책임 소재가 줄어드니까."

최대한 상대방에게 혼인 파탄의 책임을 물어야 이쪽이 더 많은 재산을 분할받을 수 있다.

그러니 뭐라도 찾아내야 한다.
"과연 이것만 있을지는 모르겠지만 말이야."

남편이자 아버지인 서강판을 추적하는 것은 어려운 일이 아니었다.

전문적으로 추적하는 정보 팀이 있는 데다 주변에 있는 흥신소에서도 그런 것을 쉽게 추적해 주기 때문이다.

그리고 결과를 가지고 다른 가족들에게 갔을 때, 한숙자는 눈을 감았고 서지아는 분노로 부들부들 떨었다.

"그러니까 그 새끼가 바람을 피웠다고요?"

"네."

"이런 개새끼!"

그래도 아비라고 그 사람 또는 그 인간이라고 부르던 서지아조차도 이번에는 용서할 수가 없었는지 욕을 토해 냈다.

"바람피우는 대상은 두 명으로 보입니다."

그들이 이렇게까지 화내는 이유. 그건 바람피우는 대상이 무려 두 사람이었기 때문이다.

"계속 추적하겠지만 현재 확실하게 불륜 상대로 보이는 대상은 홍채아라는 스물네 살 먹은 여자입니다. 그리고 다른 한 명은 마흔 살 먹은 안민영이라는 사람이고요."

"스물네 살요? 미친 거 아니에요?"
"미친 게 아닙니다. 아마도 스폰 같아 보입니다."
"스폰요?"
"네."
노형진이 봤을 때 홍채아라고 불리는 여자가 서강판을 좋아할 가능성은 거의 제로에 가까웠다.
그런데도 그녀는 그를 만나서 모텔로 가는 것을 꺼리지 않았다.
"그리고 추적 팀 말로는, 홍채아는 따로 만나는 남자 친구도 있다고 하더군요."
"이런 미친."
그런 점을 감안할 때 홍채아는 아마도 스폰으로, 주고받는 사이일 가능성이 높다는 게 노형진의 판단이었다.
"그 안민영 그년은요?"
"그녀는 5급 공무원입니다. 남편은 6급이구요. 아마도 제법 오랫동안 내연의 관계를 가지고 있었던 걸로 보입니다."
아마도 그녀는 서강판과 내연의 관계를 유지하면서 승진 등에서 혜택을 받아 왔을 가능성이 높다고 노형진은 생각했다.
물론 그녀가 실제로 능력이 있는지 없는지는 알 수가 없다. 하지만 그녀가 다른 동기들보다 승진이 빠른 것은 사실이었다.
"도대체 왜……."

배신당했다는 생각에 한숙자는 부르르 떨었다.

그동안 자신을 억압해도, 의심해도, 사랑의 한 형태라고 생각했다.

그런데 바람을 피우다니.

그것도 한 명도 아니고 두 명과.

"이 미친년들을 당장……!"

"진정하세요. 여기서 발끈하면 죽도 밥도 안 됩니다."

당장이라도 달려가서 머리끄덩이를 잡고 끌어낼 기세인 서지아를 노형진은 붙잡고 진정시켰다.

"이런 증거를 가지고 있다고 해도 마음대로 쓸 수는 없습니다."

"뭐요? 아니, 왜요?"

서지아는 눈물을 흘리는 엄마를 보면서 속에서 열불이 난다는 듯 소리를 질렀다.

평생을 믿었는데 이렇게 배신당했는데도, 제대로 소리내어 울지도 못하는 엄마를 보니 가슴이 찢어지는 것 같았다.

"현행법상 명예훼손이 성립됩니다."

"뭐요? 명예훼손?"

"네."

"멀쩡한 유부남하고 바람을 피운 쌍년들은 저년들이라고요! 그런데 명예훼손요? 저 개 같은 년들에게 무슨 명예가 있어요!"

"있기야 하지요. 인간의 삶은 한쪽만 있는 게 아니니까요."
스폰을 받는다고 해도 남친이 있고, 바람을 피운다고 해도 남편과 가족이 있다.
"그들에게 이 사실을 까발리면 명예훼손이 됩니다."
"미친!"
"어쩔 수 없습니다. 허위 사실 유포가 아니더라도, 자신이 남에게 드러내고 싶지 않은 부분을 드러내면 명예훼손이 성립되니까요."
"그럼 이 미친년들을 그냥 두고 이혼하라는 거예요!"
서지아는 분노로 부들부들 떨었다.
"그렇지는 않습니다."
"그렇지 않다고요?"
"네. 다만 어머님의 의견이 중요하지요. 사실 이번 사건에서 제일 중요한 것은 어머님이신 한숙자 씨입니다. 서지아 씨는 따님이기는 하지만 이혼은 부부간의 재판입니다. 따님이 끼어들 수 있는 여지가 없지요. 더군다나 두 자녀분들은 모두 성인입니다. 그러니 이번 사건에 더더욱 끼어들 수가 없지요. 양육권 문제가 걸린 것도 아니니까요."
"……."
"결국 이 사건을 마무리하는 것은 어머님입니다."
노형진은 그렇게 말하면서 한숙자를 바라보았다.
이혼하는 것은 어렵지 않다. 그러나 그 마음을 먹는 것은 매우 어렵다.

"한숙자 씨는 어떻게 하고 싶으신가요? 여기서 이혼하는 것은 쉬운 일입니다. 하지만 복수하고 싶으시다면 이야기가 달라지지요."

"복수요?"

"네."

"하지만 복수하는 건 불가능하다고……."

한숙자는 힘없이 물었다.

너무 실망해서 포기한 듯한 목소리였다.

"이걸 가지고 바깥에서 떠들면 명예훼손이 된다고 했지, 복수가 불가능하다고 하지는 않았습니다."

"……."

"거기에다 남편분을 추적하는 과정에서 저희가 알아차린 게 하나 있는데, 아무래도 남편분이 뇌물을 받는 것 같더군요."

"뇌물요?"

"네."

노형진은 고개를 끄덕거렸다.

사실 지금 서강판의 행동을 봐서는 그럴 수밖에 없다.

"요즘은 월급이 모두 계좌로 들어오지요. 그래서 저희한테 주신 통장 사본을 검토해 봤습니다. 그런데 그들을 만나면서 들어갔을 만한 돈이 전혀 보이지 않더군요."

당장 바람피우는 대상들과 모텔에 가거나 식사를 하거나

디저트를 먹기만 해도 전부 돈이 필요하다.

그리고 홍채아의 경우 아무리 봐도 사랑보다는 스폰이 목적이다.

그런데 스폰이라는 것은 결국 돈을 주는 대가로 육체를 얻는 것. 그러니까 돈을 주지 않으면 그녀가 서강판을 만날 이유가 없다.

“그런데 그 돈도 없구요. 경우마다 다르지만 홍채아 정도 되는 나이와 미모를 가진 여성이라면, 못해도 300만 원 이상 돈을 주지 않으면 만나기 힘듭니다.”

“네? 300만 원요? 와, 이런 개새끼! 내가 월급이 220인데.”

서지아는 어이가 없어서 말문이 다 막혔다.

친딸인 자신이 월급 220만 원을 받고 코피를 흘리며 일하는 건 신경도 쓰지 않았으면서 몸 파는 여자한테는 300만 원씩 주다니.

“그런데도 계좌에는 특이 사항이 없단 말이지요.”

“그거야 현금으로 찾아서 준 거 아닌가요?”

“저희도 그런 생각을 해 보지 않은 건 아닙니다.”

현금으로 주면 티가 나지 않는다. 그러니 현금으로 줬을 수도 있다.

“하지만 요즘 그 정도 현금을 들고 다니는 사람이 어디 있나요?”

결국 그때그때 돈을 찾아서 줘야 한다는 소리다.

그리고 수시로 돈을 인출했다면 당연히 계좌에 출금 내역이 떠야 한다. 그런데 그 출금 내역조차 없다.

"서강판에게 다른 곳에서 돈이 나올 구멍이 있다는 소리지요."

그 다른 곳에서 나온다는 것은 사실 뻔하다.

바로 뇌물.

그렇지 않다면 매달 몇백만 원이나 되는 스폰서 비용과 선물 비용을 그가 감당해 낼 수는 없다.

"아마도 적지 않은 뇌물을 받았을 겁니다."

기업을 운영하는 입장에서도 돈을 주지 않을 수는 없었을 테지만, 반대로 그에게 잘 보여서 어떻게 해서든 승진해야 하는 공무원들 역시 적지 않은 뇌물을 줬을 것이다.

'그리고 그걸 자신이 혼자 먹어 치웠을 테고.'

그렇지 않다면 서강판의 삶은 말이 안 되는 상황이 많다.

"이익……."

분노로 부들부들 떠는 서지아와 뭔가 생각하면서 침묵을 지키는 한숙자.

노형진은 그런 한숙자에게 조용히 말했다.

"그러니 한숙자 씨가 지금이라도 정신 차리고 제대로 결혼 생활을 하자고 남편인 서강판 씨를 설득해야 합니다."

"뭐라고요?"

노형진의 전혀 예상하지 못한 말에, 모두들 깜짝 놀랐다.

“잘 보이네.”

집 안 내부에 몰래 설치한 카메라.

그걸 확인하던 노형진은 만족스러운 듯 고개를 끄덕거렸다.

“이 정도면 충분하겠네. 소리도 깔끔하고. 외부에 들킨 건 아니지?”

“전혀.”

“그러면 다행이고.”

“그런데 난 아직도 이해를 못 하겠어. 왜 한숙자가 서강판을 설득해야 한다는 거야? 설득한다고 바뀔 인간이었다면 애초에 그러지도 않았을 것 같은데.”

“그렇겠지.”

노형진은 고개를 끄덕거렸다.

그럴 인간이었다면 애초에 이런 짓을 저지르지도 않았을 것이다.

인생을 개판으로 살아도 자식을 보고 개심하는 놈들도 있다.

지금까지 그런 기회는 서강판에게 여러 번 있었지만…….

“그런데 왜 설득하라고 한 거야?”

“설득하려는 게 아니라, 재판부에 제출하려고 하는 거야.”

“제출?”

“그 이혼의 귀책사유라는 것이 참 웃기거든. 일단 결혼을 유지하려는 노력이 없으면 귀책사유가 발생해."

"노력?"

"그래, 적극적인 노력. 그게 필요해."

가령 상대방이 바람피우는 것을 알면서도 가정을 유지하기 위해 모른 척했다면 그건 귀책사유가 될 수도 있다.

왜냐하면 고칠 수 있는데 그 기회를 날려 버린 셈이기 때문이다.

"그러니 '나는 가능하면 가정을 유지하기 위해 적극적으로 나서서 설득했습니다.'라는 사실을 증명해야 해."

"뭐가 그렇게 복잡해?"

"복잡한 게 아니라, 그렇게 하지 않으면 악용하는 놈들이 많거든."

"그걸 어떻게 악용해?"

노형진은 씩 웃었다.

"대부분은 악용해."

"그러니까 도대체 어떻게?"

"그러니까, 상대방이 바람피웠다는 사실을 알게 되면 대부분 다짜고짜 이혼을 위해서 증거를 모으는 것부터 시작하잖아."

"아하!"

흥신소를 통해 상대방을 추적하고, 그 후에 얻은 증거를 가지고 이혼소송을 한다.

그게 일반적인 방법이다.

"자신이 알았다는 사실을 상대방에게 고지하고 문제를 해결해서 가정을 유지하려는 노력은 아예 시작도 하지 않는 거야."

"그건 그러네. 대부분 그런 식이기는 하네."

"가정법원은 일반 법원하고 좀 달라. 그냥 판결을 내리는 게 아니라, 기계적이기는 하지만 가정을 유지하려고 노력하도록 만들지."

그래서 법원에 이혼 소장을 넣으면 최대한 상담을 받도록 유도하거나, 사람들이 널리 아는 대로 4주 후에 뵙자는 식으로 이야기할 시간을 주거나 하는 식으로 최대한 가정의 유지를 위해 노력한다.

"그래서 상대방이 바람피운다는 사실을 알고 증거를 모아서 일단 들이미는 사람들을 별로 좋아하지 않아. 그들의 목적은 뻔하거든."

"돈이구나."

"그래."

그들이 그렇게 하는 건 돈이 목적이기 때문이다.

그러니 가정을 보호하려고 하는 입장에서는 좋게 볼 수가 없다.

"물론 혼인 파탄의 책임이 바람피운 사람에게 있는 것은 부정할 수 없는 사실이야. 그렇지만 그게 자기가 노력하지 않을 이유가 되지는 않지. 만일에 자기가 노력했는데 상대방이 그 노력을 개무시한다면 어떻게 될까?"

"더 괘씸하겠네."

"그래. 아무래도 재산 분할을 할 때 그 괘씸함이 좀 더 작용을 하게 되지."

그렇게 된다면 단 1퍼센트라도 더 받아 낼 수 있다는 소리다.

"복잡하다."

"복잡할 거 없어. 그냥 간단하게 생각하면 돼. 가능하면 상대방의 나쁜 모습을 보여 준다, 그리고 이쪽의 좋은 모습을 보여 준다."

"그게 기본이잖아?"

"그게 기본이지. 하지만 그걸 별로 지키지 않으니까 문제지."

"끄응."

확실히 그렇다.

재판정의 분위기야 어디든 좋을 수가 없다고 하지만 가장 안 좋은 곳은 가정법원, 특히 이혼 쪽이다.

서로 욕하고 싸우고 분노하고…….

"특히 가정법원은 다른 곳보다 판사의 의중이 더 많이 작용하는 편이거든."

그때 화면에 서강판이 나타났다.

그리고 한숙자는 그런 그에게 다가가서 번개같이 양복 상의와 가방을 받아 들었다.

그 장면을 보고 눈을 찌푸리는 손채림.

"자기는 손이 없어, 발이 없어?"

"쉿, 이제 두고 보자고."

노형진은 입술에 손을 대고 그 장면을 물끄러미 바라보았다.

—여보, 우리 이야기 좀 해요.

—뭔 이야기?

—당신 혹시, 나 몰래 만나는 사람 있어요?

—뭐?

한숙자가 말을 꺼내자 순간 당황하는 모습을 보이는 서강판.

—이제 애들도 다 나가고, 그동안 많이 고민했어요. 하지만 우리가 이렇게 살 수는 없잖아요. 검은 머리가 파뿌리 되도록 잘 살자고 결혼했잖아요. 요즘 많이 고민했는데, 지금 우리는 정상이 아닌 것 같아요.

—이건 또 뭔 개소리야? 이년이 미쳤나?

—우리 부부 상담 한번 받아 봐요. 옆 아파트 어떤 부부도 그렇게 해서 나아졌다고 하니까…….

—이런 개 같은 잡년이!

채 말릴 틈도 없이 한숙자의 얼굴이 한쪽으로 획 돌아갔다.

한숙자는 그 충격으로 그대로 소파에서 떨어져 바닥을 나

뒹굴었다.

–너같이 비루한 년을 먹여 주고 재워 주는 것만으로도 감사할 것이지, 지금 뭐? 상담? 미쳤냐? 어? 미쳤어?

쓰러진 한숙자를 발로 마구 밟아 대는 서강판.

–지금 네가 나랑 맞먹겠다 이거야? 요 며칠 손을 안 봐 줬더니 아주 간땡이가 부었구나!

그걸 보고 손채림은 당장이라도 뛰쳐나가려고 했다.
하지만 노형진은 그런 그녀를 잡고 말렸다.
"진정해."
"사람을 패잖아!"
"예상하고 시작한 거잖아?"
"큭."
"그럼 저놈이 갑자기 '아, 내가 잘못했구나.'라고 하면서 정신 차리고 다시 시작하자고 할 줄 알았어?"
"……."
그럴 리 없다. 그걸 아니까 노형진이 끼어든 것이고.
결국 손채림은 자리에 앉으면서 투덜거렸다.
"서지아 씨가 없었으니 망정이지."

"그러니까."

아마 서지아가 있었다면 더 볼 것도 없이 튀어 나갔을 것이다.

하지만 제아무리 그녀라 해도 서강판을 힘으로 이길 수는 없을 테니 결국 노형진과 손채림이 끼어들게 되었을 테고, 결과적으로 계획은 개판이 되었을 가능성이 높다.

"비참하지만 지금은 참아야 해."

노형진의 말에 이를 악물고 모니터를 바라보는 손채림.

—야, 이 개 같은 년아! 네가 뭐라고 나한테 잘못되었다고 말해? 말을 한다고 다 말인 줄 알아? 병신 말은 말이 아니야, 이 미친년아. 병신이 떠든다고 그것도 다 말이야?

듣기 힘든 모욕과 폭행이 계속되었다.

—뭐? 자기 몰래 누굴 만나냐고? 그래, 만난다! 어쩔래? 어디 버러지 같은 게! 그래서, 만나면 네가 어쩔 거야? 어? 어쩔 거냐고! 부부상담? 너랑 나랑 같은 줄 아나? 그리고 그랬다가 주변에 소문이라도 나면? 네가 책임질 거야? 어? 그래서 나 쪽팔린 거 네가 보상할 거냐고!

그 말을 마지막으로 한숙자를 발로 뻥 찬 그는 식식거리면서 안방으로 들어갔다.

그리고 깔끔하게 옷을 갈아입고는 가방까지 들고 나왔다.

―내가 더러워서 나간다. 반성하고 있어, 개 같은 년.

쓰러진 한숙자에게 침을 '퉤!' 하고 뱉은 서강판은 그대로 집 밖으로 나갔다.

그가 자신의 차량을 몰고 아파트 단지 바깥으로 나가는 것이 확인되자마자 노형진은 사람들을 이끌고 아파트로 들어갔다.

"괜찮으세요?"

"흑흑흑."

한숙자는 눈물을 흘리고 있었다.

매일같이 당하는 일이지만 오늘따라 유독 서러웠다.

"고생하셨습니다. 괜찮습니다. 이제 괜찮아질 거예요."

그녀를 다독거리면서 노형진은 벽에 걸린 가족사진을 바라보았다.

그 안에서 행복하게 웃고 있는 것은 오직 서강판뿐이었다.

'그 행복, 얼마나 가나 두고 보자.'

동네 사람들, 여기 개새끼가 왔어요

다른 증거를 모으는 것은 전혀 어려운 일이 아니었다.

한숙자가 의심하고 있다는 걸 알면서도 서강판은 천연덕스럽게 다른 여자를 불러서 밤을 보냈던 것이다.

"미친놈 같으니라고."

노형진은 고개를 절레절레 흔들었다.

그날 나갈 때 애초에 옷부터 싹 다 갈아입고 가방까지 가지고 간 이유가 드러났기 때문이다.

"와, 어떻게 저렇게 뻔뻔하지?"

출근하면서 사람들에게 좋은 아침이라고 웃으며 손까지 흔들어 주는 서강판을 보면서 손채림은 혀를 내둘렀다.

"저런 타입은 외부에 보이는 자신을 자랑스러워하는 법이야. 정작 가족들에게는 관심이 없지.”

“내가 알지, 모르겠어?”

웃으면서 좋은 선배, 좋은 상사가 되려고 노력하지만 정작 가족에게는 잔인하고 냉혹한 인간.

“일단 그가 바람피우고 있다는 증거는 확실하게 구해 놨으니 이혼하는 것은 어려운 일이 아닐 거야. 다만 그에게 얼마나 복수할 수 있느냐가 중요하지.”

“어떻게 할 건데? 진짜로 가서 깽판 치면서 싸울 수도 없잖아.”

“저런 인간들에게 가장 좋은 복수는 자신들이 아끼는 외부의 세계를 부수어 버리는 거야.”

“그러니까 어떻게?”

“당연히 소송해야지.”

“이혼은 쉽다며?”

“난 그냥 소송이라고 했지, 이혼소송이라고는 안 했다, 후후후.”

서강판이 집을 나간 사이, 한숙자는 서지아의 도움을 받아 자신의 물건과 옷 그리고 생활용품들을 챙겨서 집에서 탈출했다.

나중에야 촬영된 영상을 본 서지아는 당장이라도 가서 싸울 태세였지만…….

"이게 마지막이에요."

의외로 가지고 갈 물건은 많지 않았다.

"엄마가 그 인간이 남긴 흔적은 보고 싶지도 않대요."

"이해가 갑니다."

그래서 같이 쓰는 물건은 다 빼고 딱 자기 것만 가지고 간 것이다.

"잘 생각하셨어요. 어차피 돈 받아서 다 사면 됩니다."

"그런데 방을 옮기지 않아도 될까요? 우리 집으로 온 거 뻔하게 알 텐데."

서지아는 걱정스럽게 말했다.

엄마를 찾아서 자신이 자취하는 곳으로 올 가능성이 뻔했기 때문이다.

한숙자의 친정 부모님은 두 분 다 돌아가셨고 외동딸인지라 다른 형제도 없으니 갈 곳은 서지아의 집뿐이었다.

"그래서 옮기면 안 된다는 겁니다."

"네?"

"저런 인간들의 특징이 뭐냐면, 자기통제에서 벗어나면 스스로를 감당하지 못한다는 거죠. 가서 분명히 깽판을 칠 겁니다. 그리고 그것 역시 증거가 되겠지요."

"이해는 하겠지만, 위험하지 않을까요?"

"아니요, 위험하지는 않습니다. 저런 인간들은 자기 자리를 무척이나 소중하게 생각하거든요."

와서 협박하고 깽판은 칠지언정 주먹을 쓰거나 진짜 위험한 행동을 하지는 못한다.

외부이기 때문이다.

"주변에서 보는 자신을 지키려고 하는 성향이 강하니까요."

서지아의 집은 자신의 공간이 아니니 위협적으로 나가서 자신의 평판을 깎는 행위를 하지는 못할 것이다.

"그 부분은 걱정하지 마세요. 어머님이나 잘 챙겨 드리고요."

"네. 그건 걱정하지 마세요."

서지아가 트럭에 마지막 짐을 싣고 떠났다.

뒤에 남은 노형진은 가방에서 제법 두툼한 봉투를 꺼내 들었다. 오늘 들어갈 소장이었다.

"빠뜨린 소장은 없지?"

"몇 번이나 확인했어."

"그러면 접수하러 가자. 과연 그가 뭐라고 하는지, 두고 보자고, 후후후."

⚖

"자네, 이거 뭔가?"

"네?"

상관의 말에 서강판은 어리둥절한 표정이 되었다.

"이거 말일세. 자네가 해명해 보게."

책상 건너편에서 뭔가를 서강판에게 스윽 내미는 상관.

서강판은 침을 꿀꺽 삼켰다.

'도대체 뭐지?'

그는 3급 공무원이다.

즉, 그 위에 있는 사람은 많지 않으며, 지금 마주 보고 있는 사람의 경우 국장이다.

그런데 국장이 해명을 요구하면서 건네주는 물건이 절대로 좋은 것일 리는 없다.

"이건……."

건네받은 물건은 다름 아닌 소장이었다.

"관리관님에게 왔더군."

"관리관님에게요?"

관리관이면 1급 공무원이다.

그 위쪽은 정권에 따라서 내려오는 식이니까 사실상 공무원의 최고 직위라고 볼 수 있다.

그런데 그런 그에게 소장이 갔다고? 자신에 관련된?

"허억!"

소장을 들고 있던 서강판의 손이 절로 부들부들 떨렸다.

"이……게……."

국장이 건네준 소장의 내용은 간단했다.

공무원을 관리하는 자로서 3급 공무원을 제대로 관리하지 못한 책임이 있으므로 그 손해배상을 청구한다는 내용이었다.

"내용을 보니 아주 가관이더군. 바람을 피워? 아니, 그거야 둘째 치고, 폭행에 구타에 이혼소송까지?"

"……."

바람피우는 거야 이 정도 힘이 있으면 여자가 붙는 거야 당연하다고 생각하기 때문에 그냥 넘어갈 수도 있다.

하지만 그렇다고 해서 문제가 생기지 않는 것은 아니다.

도리어 높은 직급에 있는 사람일수록 사람들의 관심이 집중되기 때문에 더 몸조심해야 한다.

"그리고 그걸 제대로 관리하지도 못해서 관리관님에게 이런 소장이 오게 해? 자네 미쳤나?"

"아…… 아닙니다. 미치다니요. 제가 그럴 리가요……."

"그러면 이 일에 대해 말해 보게."

"이건……."

자신은 이혼소송을 한 적이 없다.

하지만 사건 기록 내에는 분명 이혼소송에 관련된 내용이 있고 사건 번호까지 제대로 붙어 있다.

"오해가 있을 겁니다. 진짜입니다."

"그랬으면 좋겠군. 이게 취하되지 않으면 자네는 상당히 곤란한 처지가 될 거야."

"바…… 바로 알아보겠습니다."

"그래야지."

귀찮다는 듯 손을 휘휘 흔드는 국장에게 고개를 팍 숙이고 나온 서강판은 이를 박박 갈면서 바로 집으로 튀어 갔다.

당장이라도 가서 한숙자를 패 죽일 생각이었다.

"이년이 미쳤나. 소송을 걸어? 오냐, 오늘 둘 중 하나 죽자, 이 개 같은 년아."

미친 듯이 차를 몰아서 집에 도착했을 때 현관문은 잠겨 있었다. 그리고 거기에 붙어 있는 등기우편 미수령 통지서.

"이건……."

그는 통지서를 보고는 이를 악물었다.

등기우편 발신인은 법원으로 되어 있었다.

"이런 개 같은 썅년이!"

문을 따고 들어갔을 때 보이는 것은 흐트러진 집 안뿐이었다. 어디에도 한숙자의 모습이 보이지 않았다.

이 시간이면 자신이 전화한다는 걸 알 테니 집에 있어야 하는데 어디에도 그녀의 모습은 보이지 않았다.

"이 개 같은 년이! 아니다. 진정하자, 진정. 후우, 후우."

그는 이를 박박 갈면서 전화기를 들어서 전화했다.

하지만 어쩐 일인지 전화벨만 한없이 울릴 뿐 아무도 받지 않았다.

그럴 수밖에 없는 게, 한숙자는 이미 그를 차단한 상태였기 때문이다.

"이런 개 같은 썅년을 봤나."

서강판은 이를 박박 갈았지만 지금 당장 뭘 어떻게 할 수가 없었다.

어디에 있는지도 모르는데 찾아갈 수는 없었다.

그는 애써 마음을 진정시키면서 우체국으로 향했다.

등기가 왔다고 하니 확인해야 하기 때문이다.

우체국에서는 그의 신분증을 확인하고는 등기를 건넸고, 그걸 받아 든 서강판은 길길이 날뛰기 시작했다.

"으아아! 이 개 같은 년, 죽여 버릴 거야!"

거기에는 이혼 소장이라고 적혀 있었던 것이다.

⚖

"저희는 할 말이 없고요, 소송으로 들어갔으니 법정에서 뵙겠습니다."

손채림은 전화를 끊으면서 눈을 찌푸렸다.

서강판에게서 전화가 왔는데, 그가 손채림이 받자마자 다짜고짜 욕설부터 시작했던 것이다.

띠리링, 띠리링.

끊임없이 울리는 전화벨 소리.

손채림은 그걸 끊어 버릴까 하는 생각이 들었다.

"표정이 왜 그래? 오는 전화는 왜 안 받고?"

때마침 지나가던 노형진이 전화기를 노려보며 눈을 찌푸리고 있는 손채림을 보고 고개를 갸웃하면서 물었다.

"그 인간이야."

"그 인간?"

"서강판. 아까부터 계속 전화해서 욕하고 있어."

"아아."

아마도 소장에 적혀 있는 전화번호로 계속 전화하는 모양이었다.

"정신을 못 차렸나 봐."

"사람이 정신을 그렇게 쉽게 차려 주면 얼마나 좋겠어."

아마도 저 인간은 자신이 뭘 잘못했는지 생각하지 않고 있을 가능성이 높다.

아마도 자신은 바른데 주변이 미쳤다고 생각하겠지.

띠리링, 띠리링.

끊임없이 울리는 전화기.

손채림이 한참 그걸 바라보기만 하자 전화는 어느 순간 끊어졌다.

"받아서 하지 말라고 하지."

"안 해 봤겠어? 말하면 뭐 해, 안 들어 처먹는데. 상관한테 관리 책임 묻는 소장을 보내서 제대로 열 받은 모양인데?"

"받았겠지. 받으라고 보낸 건데."

노형진은 피식 웃으면서 말했다.

"그런데 왜 그 소장이 먼저 날아간 거야?"

"같이 보내긴 했어. 그런데 회사에서는 받는 사람이 있고 집에서는 받을 사람이 없으니까 늦어진 것뿐이야. 뭐, 어느 쪽이 먼저 갔든 1급 서기관에게 그런 소장이 갔는데 그가 좋은 꼴 보기는 힘들지."

"그래서 가서 깽판 치지 말라고 한 거구나."

"그래."

이렇게 정식으로 소송을 넣으면 자연스럽게 상부에 불만을 제기함과 동시에 그의 추문을 까발릴 수 있는데 왜 쓸데없이 문제를 일으켜서 굳이 손해를 보겠는가?

"서강판 말고도 그 바람피웠던 안민영에게도 소송이 들어갔으니 당연히 난리가 났겠지. 그러니 어떻게 해서든 수습하려고 할 테고."

노형진이 그렇게 말하고 피식 웃는 순간, 전화기가 다시 미친 듯이 울리기 시작했다.

노형진의 시선은 순간 전화기로 향했다가 손채림에게로 되돌아갔다.

그 시선을 느낀 손채림은 어깨를 으쓱하는 것으로 답했다.

그 모습에 노형진은 슬쩍 다가가서 자신이 그 전화를 받아 들었다.

"네, 법무 법인 새론입니다."

—야, 이 씨발 새끼야! 너희 뒈지고 싶어! 어! 내가 누군지

알아! 내가 누군지 아냐고! 개 같은 새끼들, 내가 너희들 망하게 해 준다. 당장이라도 세무조사 받게 해서 당장이라도 망하게 해 준다고! 알아! 나 3급 공무원이야, 이 씨발 새끼야!

"그래서요?"

—뭐? 그래서요? 이 씨발, 그 개년 어디로 갔어! 한숙자 그 개년 어디로 갔냐고! 너희가 감췄지!

"의뢰인의 개인 정보는 저희가 알려 드릴 수 없습니다."

—뭐, 이 개 같은 새끼가! 죽을래? 너 지금 3급 공무원이 얼마나 무서운지 모르는구나! 이런 삐리리 해서 삐리리 하는 삐리리 같은 새끼들!

끊임없이 들려오는 욕설에 노형진은 가만히 듣고 있을 뿐이었다.

오죽 소리가 큰지 스피커폰으로 한 것도 아닌데 주변의 시선이 이쪽으로 쏠릴 지경이었다.

—알았어, 이 새끼야! 넌 내가 꼭 망하게 한다고!

하지만 그걸 듣고 있던 노형진은 그저 빙긋 웃을 뿐이었다.

"다 말씀하셨나요?"

—뭐?

"뭘 착각하신 모양인데, 여기는 변호사 사무실이지 서비스센터가 아닙니다. 욕을 먹고도 그냥 있을 거라고 생각하셨다면 오산이에요. 지금 말씀하신 거 다 녹취되어 있습니다. 협박으로 고발할 테니 그렇게 알고 계시고요. 과연 이렇게 협박하신 것에 대해 상관들이 뭐라고 할지 참 궁금하네요."

-뭐? 자…… 잠깐만!

하지만 노형진은 전화를 뚝 끊어 버렸다.

사람들은 그런 노형진을 물끄러미 바라보았다.

이렇게 싸가지없게 받을 줄은 몰랐던 것이다.

"그래도 되는 거야?"

"당연하지."

노형진은 이참에 확실하게 말하기로 했다.

"다들 주목. 우리는 로펌이지 서비스 센터가 아닙니다. 상대방이 전화해서 진상 짓을 하면 고발하세요. 왜 그냥 멍하니 당하고만 있습니까? 상대방이라면 눈치 볼 필요 없고요, 의뢰인이라면 우리 쪽에서 그런 의뢰는 거절하면 그만입니다. 당당하게 하세요. 상대방에게 고개 숙이면서 진상 짓 받아 주지 않아도 그만입니다."

다들 얼굴이 반짝하고 환해졌다.

가끔 저런 진상들이 있기 때문이다.

"철저하게 무시하시면 됩니다. 그런다고 우리 망하지 않아요."

직원들에게 확실하게 말을 한 노형진은 몸을 돌려서 사무실로 향했다.

손채림은 그런 그를 바라보다가 전화기를 물끄러미 바라보았다.

띠리링, 띠리링.

다시 울리는 전화벨 소리.

상대방 번호를 슬쩍 확인한 손채림은 전화를 받아 들었다.

위에서 확실하게 규칙을 말해 줬으니 그대로 행하면 된다.

"네, 법무 법인 새론입니다."

–저기, 아까 전화한 서강판입니다. 죄송합니다. 제가 흥분해서…….

아까만 해도 당장 망하게 하겠다고 게거품을 물던 그였지만 정식으로 고발하겠다는 말에 아차 싶었는지 즉각적으로 꼬리를 말고 나왔다.

어느 쪽이든 구설수에 올라서 좋을 게 없기 때문이다.

"어머, 고객님. 걱정하지 마세요. 법원에서 뵙겠습니다."

–그러니까…….

"두 번 뵙겠습니다."

딱 잘라서 말한 손채림은 전화를 딱 끊어 버렸다.

그런 그녀의 얼굴에 미소가 떠올랐다.

"완전 속이 시원하네."

그리고 사람들은 그런 그녀에게 엄지손가락을 척 내밀었다.

⚖

안민영은 공포에 바들바들 떨고 있었다.

서강판의 불륜 상대로 자신이 지목되었기 때문이다.

안 그래도 승진이 불안해서 좀 더 잘 보이려고 직속상관이었던 그와 관계를 가지고 있었는데, 이번 사태로 인해 다른 사람도 아닌 1급 공무원인 관리관까지 재판에 휘말렸다는 말에 정신이 아득해질 지경이었다.

하지만 사실 그건 그리 문제가 되지 않았다.

"요즘 뭔 일 있어?"

"아니야."

남편의 질문에 안민영은 침을 꿀꺽 삼키면서 말했다.

"요즘 피곤한가 봐. 식은땀도 많이 흘리고."

"그래……. 좀 피곤하네."

그녀는 애써 말을 돌렸다. 그리고 남편의 표정을 살폈다.

'아직은 모르는 것 같다.'

그녀가 진짜 두려워하는 것은 다름 아닌 남편과 아이들이 자신이 바람피웠다는 것을 알게 되는 것이었다.

'신이시여…… 제발…… 한 번만 넘어가게 해 주세요. 그러면 다시는 바람피우지 않을게요.'

그녀는 매일같이 신을 찾으면서 기도했다.

그런 그녀의 마음을 하늘이 알았는지, 상황은 잠잠해지는 듯했다.

그러나 그것은 그녀의 착각이었다.

"당신들, 뭐야?"

안민영의 남편은 가족들과 함께 밥을 먹고 들어오다가 낯선 남자들을 보고 순간 얼어붙었다.

그들이 그의 집 입구에서 기웃거리면서 집 안의 상황을 살피고 있었기 때문이다.

"당신들, 누구야! 여기가 어딘 줄 알고 온 거야! 경찰에 신고하기 전에 안 꺼져?"

"경찰에 신고하시는 건 의미가 없을 텐데요."

"뭐?"

"법원에서 나왔습니다."

노형진은 싱글거리며 사람들을 헤치면서 앞으로 나섰다.

법원이라는 말에 안민영의 얼굴은 새파란 색으로 변하기 시작했다.

"법원? 아니, 법원에서 왜?"

신분증을 받아 들고는 당혹스러운 표정으로 묻는 안민영의 남편.

노형진은 그런 그에게 당연하다는 듯 말했다.

"가압류를 하려고요."

"가압류? 무슨 가압류요? 우리는 빌리거나 한 게 없는데."

"아, 모르셨나요? 가정 파탄에 대한 책임을 물어서 손해배상 소송이 진행 중인데요."

"뭐요? 그게 무슨 소리입니까, 가정 파탄의 책임이라니?"

남편은 당혹감을 감추지 못하고 되물었다.

그러자 노형진은 스윽 안민영을 바라보았다.

그리고 그 시선을 따라간 남편의 눈에 보인 것은, 새파랗게 변한 얼굴로 주춤주춤 뒤로 물러나는 그의 아내였다.

"자세한 것은 저희가 말씀드릴 수가 없네요. 두 분이 알아서 하세요."

"뭐라고?"

"저희는 그냥 법에서 정한 대로 압류를 진행할 따름입니다."

여기서 말하는 것도 방법이기는 하다.

하지만 여기서 떠들면 명예훼손이 성립할 수도 있다. 그럴 때는 그냥 법대로 하면 된다.

'뭐라고 변명하든 내가 알 바 아니지.'

물론 안민영의 얼굴을 보면서 불쌍하다는 생각이 들지 않는 것은 아니다.

하지만 다른 사람들은 시험 준비 해 가며 죽어라 고생해서 승진하려고 노력하는데, 편하게 승진하려고 애까지 있는 유부녀가 상관과 놀아나는 것을 그냥 두고 볼 노형진이 아니었다.

"문을 따 주시겠습니까? 아니면 열쇠공을 부를까요?"

빠드득…….

남편의 입에서 이빨 부서지는 소리가 났다.

무슨 일인지 알 수는 없지만 이 모든 일의 원흉이 자신의 아내라는 것을 어렵지 않게 알아차릴 수 있었기 때문이다.

"참고로 말씀드리면, 열쇠공을 부르면 그 비용도 여러분들이 나중에 내셔야 합니다. 두 분 다 고위 공무원들이시니 잘 아실 테지만요."

노형진이 히죽거리면서 웃자 남편은 차가운 표정으로 문으로 다가가서 번호 키를 눌렀다.

"여…… 여보……."

"오늘은 이야기하기에 적당하지 않을 것 같군."

남편은 선불리 입을 열지 않았다.

지금 이야기를 하고 또 이야기를 듣게 되면 누구 하나 죽이게 될지도 모른다는 생각에 치밀어 오르는 분노를 억누르는 데에만 온 힘을 다하고 있었기 때문이다.

'그렇겠지.'

그냥 손해배상이 아니라 혼인 파탄에 대한 책임을 지는 가압류다.

일반적인 사건으로 혼인 파탄이라는 이름이 붙지는 않는다.

"여보…… 오해야……. 이건 뭔가 잘못된 거야……. 진짜 오해야……."

안민영은 바들바들 떨면서 남편에게 매달리려고 했다.

하지만 그는 가차없이 그녀의 손길을 뿌리치고는 아이들의 손을 잡았다.

"아이들은 일단 어머니 집에 데리고 가겠어."

"여보!"

하지만 남편은 뒤도 돌아보지 않고 아이들을 질질 끌다시피 하면서 멀어져 갔고, 안민영은 바닥에 털썩 주저앉았다.

너무 당혹스러워서 눈물조차 안 나는 표정으로 멍하니 앉아 있는 그녀에게 노형진이 다가가 따뜻하게 말을 건넸다.

"가압류하는데 거기에 계시면 방해되는데요."

⚖

"진짜 잔인하다."

혼이 나간 여자에게 비키라는 말을 그렇게 잔인하게 할 줄은 몰랐던 손채림이 말했다.

"자업자득 아니야? 애초부터 그럼 바람피우지를 말든가. 더군다나 불같은 사랑을 한 것도 아니고, 승진하고 싶어서 바람피운 거잖아."

"하긴, 맞는 말이기는 하다. 애들이 불쌍하지."

"그렇지."

상황도 이해하지 못한 채 아빠에게 반강제로 끌려가던 아이들의 눈에는 공포와 당혹감이 가득했다.

"그 아이들도 불쌍하기는 하지만 말이야, 법은 법이야. 아이들 때문에 적당히 봐주다 보면 끝이 없어."

"하긴."

손채림도 안다, 범죄자들이 걸리면 가장 먼저 하는 행동 중 하나가 바로 가족들을 파는 것이라는 것을.

그들은 가족을 팔면서, 나는 불쌍하니까 봐 달라는 식으로 말한다.

"자기 인생 자기가 끝장내겠다는데, 뭐. 알아서 하겠지."

노형진은 어깨를 으쓱했다.

그가 부탁받은 의뢰는 복수다. 그러니 그걸 확실하게 이행하기만 하면 된다.

"이제 나락으로 떨어뜨려 보자고, 후후후."

"친애하는 재판장님, 피고 양장학은 1급 공무원으로서 관리관의 자리에 있는 자입니다. 그는 부하를 관리하고 업무를 통제하며 또한 부하가 사회적 문제를 일으키지 않도록 할 책임이 있는 자입니다. 그럼에도 불구하고 피고는 그 업무를 태만히 하였으며 그로 인하여 부하 직원인 서강판이 사회적 문제를 일으키도록 방치하여 가정 파탄의 책임이 있으므로 그 손해를 배상할 책임이 있다 할 것입니다."

이혼소송보다 더 빠르게 진행된 것이 바로 관리 책임에 대한 재판이었다.

현재 피고석에 앉아 있는 1급 공무원인 양장학은 말 그대로 똥 씹은 표정을 하고 있었다.

"재판장님, 이건 피고와는 아무런 관련도 없는 사항입니다. 애초에 피고는 공무원으로서 그 관리 책임은 공정인 부분에 한하여 존재하는 것이고, 피고의 부하인 서강판의 불륜에 대해서는 전혀 알지도 못하고, 알 수도 없었던 사항입니다."

"알지도 못한다고요? 같은 부서 내부에서 수년간 불륜 관계를 유지해 왔는데 몰랐다는 게 말이나 됩니까?"

"불륜이 달리 불륜이 아닙니다. 쉬쉬하면서 몰래 만나는데 상부에서 알 수 있을 리 없지 않습니까?"

노형진과 상대방 변호사는 잔뜩 독이 올라서 싸우고 있었다.

"재판장님, 이번 사건은 터무니없는 소송입니다. 애초에 관리 책임도 없는 사람에게 그 배상을 하라고 하는 경우가 어디에 있습니까?"

"직책이 관리관이지요. 그런데 관리를 하지 않으면 도대체 뭘 하겠다는 건가요?"

"그거야 공적인 부분에서의 관리지요!"

"그러면 고위 공직자의 추문이 사적인 영역인가요? 그 정도 고위 공직자라면 사적인 부분도 공적인 영역에 포함되어야 할 텐데요?"

"고작 3급이 무슨……."

"고작 3급이라고 하시지만, 3급이면 지방에서 부시장급의 직위를 가지고 있는 자리입니다. 그러면 부시장은 사적인 영역이라고 해서 마음대로 불륜을 저질러도 책임을 묻지 않나요?"

"그거야……."

이번 싸움에서 애매한 부분은 바로 공적인 영역의 한계였다.

확실히 재판부에서는 고위 공직자의 경우 사적인 영역이 공적인 영역에 들어간다고 판단하고 있다.

문제는 3급 공무원이 과연 그러한 영역에서 포함되는 고위 공직자이냐는 것이다.

그리고 과연 관리관이라는 존재가 관리해야 하는 대상이 업무에 영역에 한정되는 것인지, 아니면 공무원의 사생활 역시 포함되는 것인지의 문제도 있었다.

"고소인이 그동안 고통받은 것은 인정합니다. 하지만 이번 사건에 있어서 피고가 그들의 혼인 관계의 파탄에 영향을 미치거나 그들의 행동에 영향을 준 것은 없습니다. 피고가 당사자인 서강판과 안민영의 상관이긴 하나 어디까지나 공적인 부분만 연관이 있을 뿐입니다."

상대방 변호사는 딱 잘라서 말했다.

물론 노형진 역시 그 정도는 예상하고 있었다.

"하지만 범죄가 벌어진 장소가 문제입니다. 불륜이 벌어진 장소는 업무가 진행되는 청사 내부였습니다. 그리고 그곳에 대한 관리 책임은 피고인 양장학이 지고 있었고요."

"공간에 대한 책임까지 물을 수는 없습니다. 개개인의 업무에 관한 책임이 피고의 영역 내부일 뿐입니다."

주거니 받거니 하면서 싸우는 두 사람.

그리고 그 싸움은 확실히 피고 측에 유리할 수밖에 없었다.

“오늘 변론은 여기까지 하겠습니다. 다음 변론 기일은 추후 지정하도록 하지요. 그리고 원고 측은, 피고 측의 관리 책임을 묻고 싶으면 추가적인 증거를 제출하세요.”

누가 봐도 이건 양장학의 잘못이 아니다, 개인적인 범죄일뿐.

그러니 판사의 입장에서는 확실하게 그걸 증명할 증거가 필요했다.

가령 양장학이 양측이 둘 다 결혼한 걸 알면서도 적극적으로 소개했거나 하는 식으로 말이다.

“알겠습니다.”

결국 끝을 보지 못하고 첫 번째 변론 기일은 끝났다.

그리고 명백하게 유리한 자신들의 위치를 생각하면서 상대방 변호사는 이죽거리며 그곳을 떠났고 말이다.

하지만 노형진은 전혀 아쉬운 표정이 아니었다.

“개새끼.”

서지아는 멀어지는 양장학을 보면서 입술을 깨물었다.

“그가 개새끼는 아니지요. 애초에 이번 재판이 무리인 겁니다. 그가 잘못한 건 없으니까요.”

“하지만…….”

“조직이라는 곳은 개개인의 사정을 봐주는 곳이 아닙니다. 그러니 양장학도 당신 아버지가 바람피우는 것에 대해서는 전혀 관심이 없을 수밖에요.”

설사 안다고 해도 신경도 쓰지 않았을 것이다.

"그리고 현행법상 바람을 피우도록 돕거나 주선한 게 아니라면 그에게 책임을 묻는 것은 무리입니다."

"알아요. 안다고요."

애초에 이 재판을 한 이유는 명예훼손 등의 고발 가능성을 피해 가면서 상부에 서강판이 바람피우는 것을 증명하기 위한 것이었다.

그러니 이기지 못할 거라는 것쯤은 알고 있었다.

"그래도 너무 억울하잖아요."

"그 인간이랑 같이 살고 싶지 않다면서요?"

"그건 맞는데, 그렇다고 해서 좋게 볼 수는 없네요."

"뭐, 다 그런 거죠."

노형진은 고개를 끄덕거렸다.

"하지만 원하시는 대로 회사에 소문은 나지 않았습니까?"

"그렇겠지요."

1급 공무원, 그것도 상관이 바람피운 사실을 알았으니 내부에서 좋은 소리가 나올 수는 없다.

사실상 서강판의 승진은 끝났다고 봐야 한다.

"고작 승진만 막혔다고 좋아할 수가 없어서 그래요. 엄마가 그 개새끼 때문에 얼마나 고생했는데요."

"압니다. 그래서 복수하겠다고 한 거구요."

노형진이 이렇게 체계적인 복수를 준비하는 것은 미래를

위한 포석이다.

'조금만 있으면 불륜 죄가 사라지지.'

불륜으로 처벌이 불가능하게 되면서 사람들은 민사로 몰리기 시작한다.

하지만 민사에서는 터무니없이 낮은 손해배상만을 물리기 때문에 사실상 불륜을 저지른 인간들이 고개를 빳빳하게 들고 다닐 수 있게 되는 상황이 초래되어 버린다.

'그러니 충분히 전략을 짜야지.'

시간이 있으니 충분히 상대방을 말려 죽일 수 있는 전략을 짠다면, 아마도 대부분의 피해자들은 이쪽으로 몰려올 것이다.

한국의 거대한 불륜 시장을 집어삼킬 수만 있다면 새론은 무섭게 성장할 수 있다.

'뭐, 좋은 기분은 아니지만.'

입맛을 쩝쩝 다시면서 한숨을 쉬는 노형진.

"왜 그래? 한숨으로 땅이 꺼지겠다."

그때 누군가 노형진을 불렀다.

고개를 돌려 보니 손채림이 히죽거리면서 서 있었다.

"어쩐 일이야?"

"어쩐 일은. 네가 만나고 싶어 하는 분을 모시고 왔지."

"만나고 싶어 하는? 아!"

고개를 돌려 보니 상당한 미모를 가진 여자가 어쩔 줄 몰라 하고 있었다.

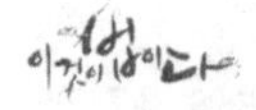

그녀를 발견한 서지아는 당장이라도 그 여자의 머리끄덩이를 잡아끌 듯한 얼굴로 무시무시하게 노려보았다.

"저 미친년이!"

"워워, 진정하세요."

노형진은 그녀를 진정시키면서 안절부절못하는 여자, 그러니까 홍채아에게 다가갔다.

"홍채아 씨?"

"네? 아, 네, 네."

"노형진입니다. 이번 사건의 변호를 하고 있습니다."

"그런가요……."

그녀는 말을 하면서도 서지아의 눈치를 힐끔거리면서 봤다.

그럴 수밖에 없었다.

말은 안 했지만 그녀가 서강판의 딸임을 알아채는 건 전혀 어렵지 않은 일이었으니까.

"마음의 결정을 하셨나요?"

노형진은 웃으면서 말했다.

하지만 얼굴만 웃고 있을 뿐이었다.

"제게 선택 사항이 있기는 한가요?"

"그럴 리가요. 저는 그렇게 쉽게 안 합니다."

"그런데 왜 물어보세요?"

"안 하신다고 하면 제 식대로 해야 하니까."

노형진은 그녀에게 간단하게 말을 꺼냈다.

만일 나와서 증언하지 않으면 부모와 남자 친구 그리고 그녀가 지금 일하고 있는 회사의 직원들까지 모조리 증인으로 불러서 법정에 세우겠노라고.

당연히 그녀의 인생은 박살이 날 것이다.

헤어지는 건 당연할 테고, 회사에서도 수군거림이 끊이지 않을 테니 결국에는 그만둘 수밖에 없을 것이다. 부모님은 충격으로 쓰러질 테고.

"너무한 거 아니에요?"

"너무해? 야! 너 지금 '너무하다'고 했냐!"

발끈하면서 덤비려고 하는 서지아.

노형진은 그런 그녀를 손을 들어서 말리면서 홍채아에게 차갑게 말했다.

"각오하고 시작한 거 아니셨나요? 아니면 남의 집안은 박살 나도 되지만 내 인생은 박살 나면 안 되는 뭐 다른 이유라도 있으십니까?"

"……."

"그나마 저희 쪽에서 배려해 드려서 이 정도에서 끝내려고 하는 겁니다. 원하신다면 전면전으로 나갈 수 있습니다만?"

"……."

"일단 손해배상부터 걸고 회사에 월급부터 차압해야겠군요. 사장님이 뭐라고 하실지 궁금한데요?"

"……."

"그러고 보니 제가 봐서는, 만나는 분이 이분만 있을 것 같지는 않은데?"

홍채아의 눈이 격하게 흔들리기 시작했다.

'그렇겠지.'

스폰을 받으면 쉽고 편하게 돈을 벌 수 있다.

그러니 한번 이쪽 일을 시작한 여자는 다른 일을 하는 것이 쉽지 않다.

더군다나 그다지 시간이 많이 드는 일도 아니다. 그러니 여러 사람을 만나는 경우도 많다.

특히나 홍채아처럼 외모가 되는 여자라면…….

"사장님이 배신에 대해 좋아하실지 모르겠네요."

얼굴이 사색이 되어서 와들와들 떨어 대는 홍채아.

"사장님에게도 와이프가 있으실 텐데 말이지요."

"……."

"뭐, 싫으시다면 어쩌겠습니까? 제대로 증인 불러 가면서 싸워야지. 선택 사항이 있냐고요? 있습니다. 저희한테 항복하시든가, 저희랑 대판 한번 붙어 보시든가."

홍채아는 고개를 푹 숙였다.

"진짜로…… 끝내 주시는 거죠?"

힘없이 묻는 그녀의 말에 노형진은 고개를 끄덕거렸다.

"단, 모든 걸 정리한다면 말이지요."

"네."

모든 걸 잃느니 차라리 이쯤에서 마무리하자는 생각에, 그녀는 노형진의 협박에 굴할 수밖에 없었다.

"좋습니다. 그러면 다음 재판에서 뵙지요."

노형진은 그녀를 두고 손채림과 서지아를 데리고 법원에서 나왔다.

"저렇게 그냥 두고 끝이에요?"

"뭐, 어차피 돈 주고 맺어진 관계입니다. 억울하겠지만 이 정도가 최선입니다."

"하지만 파멸시킬 수도 있잖아요?"

"그럴 수도 있지요. 하지만 그렇게 되면 서강판에 대해서는 복수가 힘들어질 겁니다. 둘 중에서 누구를 선택하시겠습니까?"

서지아는 잠깐 눈을 찌푸렸다.

사실 결론은 나와 있었다.

홍채아는 그저 돈 받고 몸 파는 여자다, 밉기는 하지만 안 보면 그만인.

하지만 서강판은 아니다.

자신과 엄마의 인생을 시궁창으로 처박아 버린 개새끼.

"알았어요."

"걱정하지 마세요, 이제 볼 일 없을 테니."

노형진은 그들을 차에 태우며 말했다.

"남은 것은 파멸을 구경하는 것뿐입니다. 이거 이거, 팝콘이라도 사야 하나요? 후후후."

콩가루를 만들어 주마

서강판은 요 근래 들어서 죽을 맛이었다.

한숙자가 자신의 상관을 고소하는 바람에 그에 대한 윗사람들의 시선이 매우 싸늘했던 것이다.

거기에다 폭행을 휘두르고 바람을 피운 게 사방에 소문이 나서 동료들조차도 그를 버러지 보듯 했다.

"이거 결재해 주십시오."

이번 일 때문에 머리를 붙잡고 있는데 눈앞으로 내밀리는 서류.

"이건 뭐야?"

"지난번에 말씀드린 지원 계획서입니다."

"뭐? 언제?"

"벌써 2주 전에 입안해서 말씀드린 건데."

"뭐라고?"

순간 그는 욱했다.

부하의 입꼬리에 달린 묘한 미소 때문이었다.

"너 이 새끼! 지금 나 무시하냐?"

"네?"

"나 무시하냐고, 이 새끼야! 니가 언제 말했어!"

"아니, 전에 분명히 회의에서 말씀드렸는데요. 그때 진행하라고 하셔서 한 건데……."

"이 개새끼가 누굴 병신으로 아나! 너 지금 나 무시하는 거지? 너 죽고 싶어? 어! 죽고 싶냐고!"

부하의 멱살을 잡아 올리는 서강판.

깜짝 놀란 다른 부하들이 다급하게 달려와 매달렸다.

"아이고, 그만두세요."

"뭘 그만둬! 이 새끼가 날 무시하잖아!"

"김 과장이 무슨 잘못이 있습니까? 실수한 걸 가지고……."

"실수? 실수? 지금 이 새끼 얼굴에 비웃음 안 보여? 오호라, 너도 나 지금 무시하냐?"

"아니, 그게 아니라……."

불똥이 엉뚱한 곳으로 튀자 말리던 사람들도 당황했다.

"이 새끼들, 요즘 내가 조용히 지내니까 사람이 무서운 줄 모르나? 죽을래? 어! 죽고 싶어!"

막 서강판이 폭발하려는 찰나, 뒤에서 고함 소리가 들려왔다.

"뭐 하는 짓거리야, 이 새끼야!"

고개를 돌려 보니 서강판의 상관이 붉으락푸르락한 얼굴로 서서 그를 노려보고 있었다.

"아니…… 이게……."

서강판은 아차 싶었다.

하지만 이미 주변에서 자신을 바라보는 사람들의 시선은 차갑다 못해서 얼어붙을 지경이었다.

"당장 사무실로 따라와!"

상관은 차갑게 말했고, 서강판은 눈을 찡그리고 멱살을 잡은 손을 놓고 힘없이 그를 따라갔다.

그 뒤에 남은 부하는 목을 만지작거리며 눈을 찌푸렸다.

"개새끼."

"저 새끼도 끝이겠네."

그런 그에게 모여든 다른 직원들이 나지막하게 서로 대화하기 시작했다.

"그럴까?"

"싯팔. 1급이 저 새끼 때문에 법원을 왔다 갔다 하고 있다는데 멀쩡할 수 있겠냐? 거기에다 월급 가압류까지 시켰다던데."

"헐? 진짜?"

"몰랐냐? 그래서 관리관님 마누라가 개지랄 떨었다잖아. 그런데 관리관님이 그냥 넘어가겠어?"

"그럴 리 없지."

공무원 같은 조직은 상명하복이 심하다.

특히나 뭐라도 잘못해서 윗사람이 욕먹으면, 그 인간의 커리어는 끝장났다고 보면 된다.

"아, 씨발. 저 개 같은 새끼 때문에 요즘 분위기 안 좋아 뒈지겠네."

"옆 과만 하겠냐?"

"아…… 맞다. 그 바람피운 년 남편이 옆 과의 6급이라면서?"

"그래, 씨발. 그쪽 애들이랑 눈 마주치기도 힘들어. 씨발, 안민영 그 개년은 왜 사고를 쳐서."

한때는 동기였던 그녀를 욕하면서 그들은 머리를 절레절레 흔들었다.

"미친년, 일해서 승진할 생각은 안 하고."

"그러니까. 싯팔, 그년이 아양 떠는 거 안 보니까 존나 속 시원하네. 다시는 안 왔으면 좋겠다. 안 오겠지?"

"출근이고 뭐고 잠수 탔으니 뭐, 끝난 거지."

고개를 흔들던 그들은 자신의 자리로 돌아갔다.

"가서 일하자. 가만히 있다가 또 날벼락 맞지 말고."

"그래, 요즘은 몸 사려야 해."

그렇게 그들이 각자 자리로 돌아갈 때쯤, 서강판은 상관에게 엄청나게 깨지고 있었다.

"너 이 새끼, 정신이 있어, 없어?"

"죄송합니다."

"죄송? 이 새끼야, 이게 지금 죄송으로 해결될 문제야?"

안 그래도 관리관이 노발대발하고 있는데 정신 못 차리고 행패나 부리고 있다니.

물론 왜 그러는지는 안다. 그래서 더 문제다.

그가 자초한 건데 그걸 아직도 모르고 있다니.

"너, 일단 근신해."

"네? 하지만 전 잘못한 게 없습니다!"

"뭐, 잘못한 게 없어? 너 미쳤냐? 지금 그런 말이 나와? 지금 애들이 널 어떤 시선으로 바라보는지 몰라서 그래?"

서강판은 입술을 깨물었다.

안다. 그래서 요즘 자신이 예민한 것도 사실이다.

하지만 아까 전에 욱한 것도 그냥 욱한 게 아니다.

부하의 입에 걸려 있던 미소. 그건 명백하게 비웃음이었다.

"씨발 놈의 새끼, 본을 보여야 할 거 아냐. 그런데 바람피우고 폭행에 고소까지 당해서 관리관님 얼굴에 제대로 똥칠한 새끼가, 뭐? 잘못한 게 없어?"

"……."

"당분간 너 근신하고 있어. 일 시끄럽게 하지 말고."

서강판은 아랫입술을 지그시 깨물었다.

하지만 그가 할 수 있는 것은 없었다.

두 번째 재판이 시작되자 양장학은 느긋한 얼굴로 나왔다.

이 재판은 누구에게도 물어도 질 수 있는 재판이 아니라고 했다.

하긴, 자신은 잘못한 것도 없는데 남이 바람피운 것까지 책임을 물을 수 있을 리가 없으니까.

"망할 놈 같으니라고."

하지만 서강판 때문에 집에서 대판 한 것 때문에 그를 좋게 볼 수가 없었다.

재판에 들어가면 상대방 재산에 대해 가압류를 할 수가 있는데, 하필이면 한숙자가 자신의 월급을 가압류해 버린 것이다.

월급이 들어오지 않으니 아내가 사정을 꼬치꼬치 캐물었고, 그 과정에서 자신이 소송당한 걸 알고는 혹시 바람피우는 걸 도와주거나 한 게 아니냐고 해서 대판 싸우고 말았던 것이다.

"이거 오늘 중으로 끝낼 수 있는 겁니까?"

"그럼요. 저쪽에서 어떤 증거를 내밀어도 못 이깁니다."

양장학의 변호사는 당당하게 말했다.

"이런 말도 안 되는 소송을 왜 걸었는지 모르겠네요."

"그래요?"

"네. 뭐, 걱정하지 마십시오. 오늘 중으로 확실히 끝날 테니까."

자신만만한 변호사의 말에 양장학은 느긋한 마음으로 재판정으로 입장했다.

그리고 다시 시작된 재판에서 보인 모습은 지난번과 별반 다르지 않았다.

"그건 개인적으로 저지른 문제이지 피고 양장학이 책임질 만한 성격의 일이 아닙니다. 아시다시피 그건 개인의 범죄일 뿐입니다."

별반 달라진 게 없는 노형진의 공격에 상대방 변호사는 왠지 꺼림칙한 기분이 들었다.

'너무 쉬운데?'

그가 아는 한 노형진은 결코 만만한 상대가 아니다.

90퍼센트 이상의 승률에 악착같이 승리를 차지하는 집요함을 갖춘, '분쇄기'라는 별명이 붙은 사람인 것이다.

그런데 이렇게 쉽게 자신에게 밀린다는 게 한편으로는 영 찜찜했다.

"그러니까 피고 측은 공적인 부분에 대해서는 책임이 있지만 개인적인 부분에 대해서는 책임이 없다, 이건가요?"

"당연하지요. 개개인이 바람피우는 것을 어떻게 상관이 다 알아냅니까?"

"그런가요? 그럴지도 모르겠네요."

도리어 자신들에게 수긍하고 들어오는 노형진을 보자 피

고 측 변호사는 더럭 겁이 났다.

'뭐야? 씨발…… 저거 어쩌자는 거야?'

상대방이 수그린다는 것 자체가 졌다는 걸 인정하는 거다.

그런데 그런 말을 저렇게 아무렇지도 않게 담담하게 하다니.

"재판장님, 증인을 요청해도 되겠습니까?"

"증인?"

"네."

"누구지요?"

"홍채아라고, 피고 양장학의 부하 직원인 서강판과 불륜을 저지르던 사람입니다."

"홍채아?"

"그게 누굽니까?"

"나도 모르지."

불륜 대상은 안민영으로 알고 있는 피고 측은 홍채아라는 이름에 당황했다.

사실 이들은 모를 수밖에 없다.

안민영의 경우는 같은 곳에 다니던 부하 직원이니 자연스럽게 알 수 있었지만, 홍채아의 경우는 스폰을 받던 외부인이니까.

"인정합니다. 증인, 나와 있나요?"

"그렇습니다. 증인, 앞으로 나와 주세요."

노형진이 말을 하자 뒤쪽에서 나오는 홍채아.

그녀는 쭈뼛거리면서 증인석에 올라가 선서하고 조심스럽게 자리에 앉았다.

"증인, 증인의 이름이 뭐지요?"

"홍채아라고 합니다."

"직업은?"

"작은 중소기업에 다니고 있습니다."

"그러면 서강판과는 어떤 관계였지요?"

홍채아는 잠깐 주저했다.

여기서 말하기에는 좀 창피한 일이었기 때문이다.

"증인, 대답하세요."

노형진은 부드럽게 웃으면서 말했다.

하지만 그녀에게는 그 미소가 악마의 미소처럼 잔인해 보였다.

그렇다고 끝까지 입을 다물고 있을 수도 없는 게, 지금 거부하면 아마도 다음번 증인으로는 자신의 주변 사람들이 끌려 나오리라.

"스폰 관계였습니다."

"스폰?"

"스폰이라니?"

피고 측도 방청객들도 어리둥절한 표정이 되었다.

이번 사건에 관련된 것은 안민영뿐인 줄 알았는데, 스폰이라니?

"그 관계가 얼마나 유지되었지요?"

"3년 정도……."

"그렇군요."

노형진은 고개를 끄덕거리며 주변을 둘러보면서 부연 설명을 해 줬다.

"대부분의 경우 아시겠지만 모르는 분들을 위해 설명해 드리자면, 스폰이란 여성에게 남자가 금전적 지원을 해 주는 조건으로 성적인 관계를 맺는 것을 뜻합니다. 원래 스폰이라는 것이 후원이라는 뜻을 가지고 있는데, 한국에서 그 의미가 일부 변질되었지요."

그렇게 말한 노형진은 다시 그녀를 바라보았다.

"좋습니다. 증인은 서강판에게 스폰을 받는다고 했지요?"

"네."

그녀가 고개를 끄덕거리자 상대방 변호사는 왠지 찜찜해졌다.

엄밀하게 말하면 그녀는 양장학과의 재판에 아무런 관련도 없는 사람이었다. 그런데 왜 그녀가 나왔단 말인가?

"재판장님, 이 재판은 피고 양장학의 관리 책임을 묻는 재판입니다. 서강판의 이혼소송이 아니라요. 제3자나 마찬가지인 그녀가 여기에서 증언할 이유가 없다고 보입니다."

찜찜함을 떨쳐 내지 못한 상대방 변호사는 일단 일어나서 증인의 필요성을 부정했다.

"아닙니다. 그녀의 증언은 필요합니다. 아주 필요하지요."
노형진은 그런 그의 말을 예상이나 한 듯 바로 부정하면서 그녀를 바라보았다.
"음……."
판사는 잠깐 고민했다.
엄밀하게 말하면 제3자인 것은 맞다. 이번 사건의 당사자는 서강판이 아니라 양장학이니까.
하지만 노형진이 쓸데없이 그녀를 데리고 왔을 것 같지는 않았다.
'시간을 끌기 위해 무차별적으로 증인을 끌어내는 경우도 있기는 하지만…….'
이번 사건은 그럴 이유도 없다. 시간을 끈다고 해서 뭐가 좋아지는 것도 아니고.
"일단 증언은 지금부터 시작이니까 계속 들어 보세요. 원고 측 변호인, 증인신문을 계속 진행하세요."
"감사합니다, 재판장님."
노형진은 재판장에게 고개를 숙여 감사의 인사를 건네고 난 후에 피고 측 변호사를 보면서 씨익 웃었다.
'씨발…… 뭐가 진짜 꺼림칙한데.'
그걸 보고 피고 측 변호사는 등골이 오싹했다.
뭐가 있는 건 확실한데 그거 뭔지 알 수가 없다는 게 이렇게 무서울 줄이야.

"피고 측 변호사가 바쁜 듯하니 바로 본론으로 들어가겠습니다. 증인, 스폰이라는 게 아까 말했다시피 금전적 지원을 받았다는 건데, 어떤 지원을 받았지요?"

"매달 300만 원 정도 받았어요. 그리고 지금 살고 있는 오피스텔도요."

"그 오피스텔의 시세가 어떻게 되지요?"

"보증금 7천에 월 85만 원입니다."

"보증금 7천에 월 85만 원이라……."

노형진은 거기서 잠깐 말을 멈추고 침묵을 지켰다.

그리고 그 침묵 때문에 사람들이 자신을 바라보자 그제야 천천히 입을 열었다.

"스폰이라는 건 단순히 돈을 주고 방을 구해 주는 것에서 끝이 아니지요. 먹고 마시고 하는 것도 들어갈 테고, 선물도 받았을 텐데요. 안 그런가요?"

"네, 선물도 많이 받았지요. 명품이나 화장품도 받았고."

"그러면 그런 것까지 합하면 매달 증인에게 서강판이 쓴 돈이 얼마나 되지요?"

"대략…… 500~600만 원 정도요."

"500만 원에서 600만 원이라……. 재판장님, 여기 원고인 한숙자의 카드 내역을 제출하는 바입니다. 한숙자는 현재 서강판의 아내이고 이혼소송 중입니다. 그녀는 전업주부로, 그 카드는 생활을 유지하는 데 사용되었습니다."

제법 두꺼운 종이 뭉치를 꺼내서 건네는 노형진.

그걸 받아 든 판사는 이해하지 못하고 눈을 찌푸렸다.

"원고의 카드 내역이 무슨 관계가 있다는 거지요?"

"보다시피 매달 원고는 생활비로 대략 400만 원 이상을 지출했습니다. 그리고 그 돈은 현재 이혼소송 중인 서강판이 납입해 왔구요."

"그래서요?"

노형진은 판사의 질문에 씩 웃으면서 양장학을 바라보았다.

"서강판은 3급 공무원으로 알고 있는데요. 피고는 공무원이라 알 거라고 생각합니다. 3급 공무원, 아니 아니, 서강판이 받는 월급이 얼마지요?"

자신들이 어떤 함정에 빠진 건지 알아챈 양장학과 변호사는 얼굴이 새파랗게 변했다.

"그건……."

상대방 변호사가 말을 하지 못하자 노형진은 천천히 입을 열었다.

"관련 직종 근무자들의 증언에 따르면 대략 550만 원 내외라고 하더군요. 직급이나 호봉, 직책에 따라서 좀 달라질 수는 있겠지만 비슷하다고 합니다."

그리고 노형진은 천천히 주변을 보며 한마디씩 힘을 주어 말했다.

"그런데 증인에게 들어가는 돈만 매달 500만 원에서 600

만 원입니다. 거기에다 보증금까지 있지요. 그 돈이 어디서 나왔을까요? 그거야 일단 월급으로 어떻게든 낼 수 있다고 해도, 분명히 서강판은 원고인 한숙자에게 매달 500만 원 이상의 생활비를 지급했단 말입니다. 그것도 증인을 만난 3년 내내 말입니다."

"크윽……."

그게 무슨 뜻인지 모를 양장학이 아니다.

그의 심장은 사정없이 뛰기 시작했고 머릿속은 띵해졌다.

'싯팔…… 싯팔…….'

속에서는 끊임없이 욕이 흘러나왔지만 그는 초인적인 힘으로 욕설을 찍어 누르고 있었다.

"양측의 생활비를 보면 월 1천만 원 이상이 필요합니다. 서강판은 도대체 어떻게 그 돈을 만들어 낼 수 있었을까요? 아, 참고로 서강판은 현재 대출받은 내역은 확인할 수 없었습니다."

그러면서 양장학을 뚫어지게 바라보는 노형진.

"변론 내용이 아마 '내게 개인의 사생활에 대한 책임은 없다. 내가 책임지는 것은 오로지 공적인 영역에서의 관리일 뿐이다.' 아니었나요?"

"……."

"그러면 그걸 관리하는 분께 묻겠습니다. 서강판은 그 돈을 어디서 구했을까요?"

"그건……."

안 봐도 뻔하다. 너무 뻔해서 뭐라고 할 수가 없을 지경이다.

그의 직급에 그 정도 돈이 매달 들어왔다면, 그 의미는 오직 한 가지뿐이다.

"그래서, 피고는 공적인 영역에서 제대로 관리하신 겁니까?"

"그건……."

"아니면 피고는 서강판과 커넥션이 있는 거 아닌가요?"

"뭐요!"

"그렇지 않다면 이상하지 않습니까? 공적인 부분에 대해서는 철저하게 관리하신다면서요? 이건 아무리 봐도 공적인 부분에 대한 문제인데요?"

"……."

졸지에 부하도 제대로 관리하지 못하는 놈이 된 양장학은 얼굴이 붉으락푸르락해졌다.

사적인 부분에서야 자신에게 뭐라고 할 수가 없는 상황이지만 공적인 부분에서 그 책임은 확실히 자신에게 있다.

"피고 측, 제대로 관리한 거 맞습니까?"

"그건……."

"그러면 업무상 배임으로 고발해도 되지요?"

"아니, 그게 왜 업무상 배임이 됩니까!"

"피고의 직책이 뭡니까? 관리관 아닙니까, 관리관! 관리하라고 그 자리에 있는 거고, 이번 재판 내내 공적인 관리가 자기 책임이라고 주장하셨잖아요? 그런데 그 관리하에서 수억대 뇌물이 왔다 갔다 했는데 그걸 몰랐다고 하면 둘 중 하나 아닙니까? 진짜 무능하든가, 서강판 씨와 짜고 뭔가 해 먹었든가."

"크으윽……."

물론 몰랐을 가능성도 있다.

그러나 그런 것까지 사사건건 신경 쓰면서 해결하기에는 일이 너무 많았다.

"과연 경찰이 뭐라고 할지 궁금하네요."

양장학은 이를 빠드득 갈았다.

하지만 그의 고난은 끝난 게 아니었다.

"한마디만 해 주십시오."

"허억!"

재판 전에는 없었던 기자들이 재판을 끝내고 나오자 득달같이 달려들기 시작한 것이다.

"스폰서를 하기 위해 부하가 뇌물을 받았다는 걸 아셨습니까?"

"혹시 그와 관련되어 같이 이야기한 적이 있나요?"

이건 대놓고 물어보지 않을 뿐이지, 서강판이 받았는데 너라고 안 받았겠느냐고 확정하는 질문들이었다.

"할 말 없습니다."

운전기사가 다급하게 차량을 끌고 오자 후다닥 올라탄 양장학은 허공을 향해서 고래고래 소리를 질렀다.

"서강판! 이 개새끼! 죽여 버리겠어! 으아아아!"

⚖

"아마 서강판은 좋은 꼴은 못 보겠지, 후후후."

노형진은 양장학에 대한 소송을 취하하면서 말했다.

어차피 이길 거라고 생각해서 벌인 소송도 아니다. 서강판에게 망신을 주면서 동시에 그를 파멸시키기 위해 한 소송일 뿐이었다.

이제 그 목적을 다한 이상, 자신들이 쓸데없이 거기에 출석할 이유는 없다.

"그러면 이제 서강판은 끝장난 거야?"

"그렇겠지. 원래도 분위기가 좋지 않았지만, 이제는 그 정도로 끝나지 않을걸."

"그런가?"

"그래. 대대적으로 감사가 들어갈 테니까."

양장학이 바람피우고 배우자를 폭행해서 이혼소송을 하는 것은 양장학의 말대로 개인적인 일이다. 그러니 분위기가 좋지 않다고 해도 그가 사회적으로 책임질 일은 별로 없다.

"하지만 비리는 이야기가 다르거든. 정식으로 고발이 들어간 이상 정부에서 감사를 하지 않을 수가 없어."

그리고 감사 대상은 그냥 서강판만 콕 집어서 이루어지는 게 아니다.

그와 관련된 업무를 했던 사람들, 그가 했던 모든 일에 대해 감사가 이루어진다.

그리고 그 대상 중에는 당연히 양장학도 포함되고.

"동료들과 부하들 역시 포함될 수밖에 없지. 그럼 양장학은 뭐라고 생각할까? 부하들과 동료들은 또 뭐라고 생각할까?"

"죽이고 싶겠지."

감사 대상에 오른 적이 있다는 사실 자체가 승진에 엄청난 불이익이 되는 것이 바로 공무원들의 세계다.

"거기에다 상황을 봐서는 서강판이 뇌물을 받은 건 거의 확정적이거든. 양장학 역시 그 자리에 있는데 뇌물을 받지 않았을 가능성은 낮아. 아마도 이번 사건으로 여럿 피를 볼 거야. 사실상 서강판이 모든 사건의 핵심이 되는 거지."

"진짜 상황 엿 같겠네."

안 그래도 내부 고발 같은 걸 하면 찍혀서 말도 걸지 않는 게 인간들이다.

그런데 이건 내부 고발도 아니고 모든 범죄가 서강판의 개인 범죄 때문에 발각된 셈이라 법적인 보호도 받지 못할 것이다.

"아마도 파면되겠지."

이런 사건이 없었다면 아마도 해직으로 끝났을 것이다.

해직이었다면 연금은 챙겨서 나왔을 테고.

"하지만 파면이라면 연금은 꿈도 못 꾸지."

연금의 구조는 간단하다.

자기 월급에서 일부를 내고 나머지 부분은 국가에서 지급해서, 나중에 그만두고 난 후에 돈을 주는 것이다.

해직의 경우 그 국가 지급분이 지급되기 때문에 적지 않은 돈이 된다.

하지만 파면의 경우 국가 지급분이 지급되지 않기 때문에 연금 수령액은 절반으로 줄어든다.

"그게 적지 않을걸."

그는 3급 공무원이니 최소 수천만 원은 될 것이다.

그 돈을 날렸으니 속이 쓰릴 수밖에.

"그마저도 제대로 받지 못하겠지만 말이야, 후후후."

⚖

"이걸 어떻게 해야 합니까?"

서강판은 자신에게 날아온 소장을 보면서 손을 부들부들 떨었다.

자신이 바람피우고 폭행을 가한 모든 책임을 물어서 재산을 분할해 달라는 요구였다.

그는 다급하게 이혼 소장을 가지고 변호사를 찾아가서 물었다.

거기에 언급된 모든 상황과 증거를 살펴본 변호사는 곤란한 표정이 되었다.

"이거, 이거…… 아주 안 좋습니다."

"아주 안 좋다니요? 이게 말이나 됩니까!"

소장에는 적혀 있는 요구 금액은 무려 18억.

그들의 재산이 대략 19억이니까 거의 전 재산을 다 달라는 소리나 마찬가지였다.

"이걸 다 달라고요? 이년이 미친 거 아닌가요? 그렇지 않습니까? 그렇지요?"

그는 다급했다.

그는 바보가 아니다. 감사가 시작되었고, 그로 인해 자신이 어떤 처지에 처했는지 너무나 잘 알고 있었다.

파면을 피할 수가 없다는 것쯤은 너무나 잘 알았다.

자신이 해 처먹은 뇌물이 한두 푼이 아니다.

그나마 자기만 걸리고 주변은 걸리지 않았다면 해직 정도로 끝날 수 있었을 것이다. 그러나 그가 걸리면서 감사까지 들어온 이상, 위에서 해직 정도로 봐줄 리 없다.

이미 퇴직금과 연금이라도 건져 보겠다고 사표를 내 봤지만 위에서 가차없이 반려되어 버렸다.

이런 경우 대부분 그 끝은 파면이었다.

그런 상황인데 자신에게 이런 터무니없는 돈을 달라 하다니.

"무려 18억입니다! 18억!"

"뭔가 착각하시는데요."

변호사는 흥분하는 서강판을 진정시키면서 말했다.

"이혼하시면 기본적으로 재산은 50 대 50 분할입니다."

"뭐요? 그게 무슨 말도 안 되는 개소리입니까! 그년이 한 게 뭔데! 그년은 집에서 밥하고 빨래하고 놀고먹은 것밖에 없는데, 그년이 한 게 뭐가 있다고 50 대 50이에요! 10퍼센트를 줘도 아깝구먼!"

변호사는 속으로 이혼당할 만하다면서 비웃음을 날렸다.

하지만 상담하러 온 사람에게 대놓고 그럴 수는 없으니 차분하게 말했다.

"기여분이라는 게 있습니다."

"기여분?"

"네. 재산을 증식하는 데 있어서 직접적으로 일하지 않았다고 해도 가정을 유지하는 데 힘썼다면 그건 공동 수익으로 인정합니다."

"뭔 말도 안 되는 개소리야!"

너무 흥분한 나머지 반말이 튀어나오는 서강판.

하지만 변호사는 굳이 그를 달래려고 노력하지 않았다. 이런 남자들을 한두 번 본 게 아니니까.

여기서 자신이 좋게 말해 봐야 바뀌는 것도 없고 말이다.

이런 남자들을 이해시키는 가장 좋은 방법은 따로 있었다.

"간단하게 설명할게요. 아내분이 집에서 스물네 시간 대기하면서 밥하고 빨래하고 청소하는 등 잡다한 집안일을 다 했지요?"

"그렇기는 하지. 멍청한 계집이 그거 말고 할 게 뭐가 더 있는데?"

"그걸 가정주부가 아니라 가정부를 불러서 시킨다고 생각해 보세요."

"뭐?"

"그걸 남을 돈 주고 부린다고 생각해 보세요. 현 시세대로라면, 그렇게 하려면 못해도 한 달에 300만 원 이상은 주셔야 합니다."

"뭔 말도 안 되는 개소리를 해!"

"한번 어디든 물어보세요. 스물네 시간 상주하는 가정부를 두려면 얼마를 줘야 하나."

"……."

"이해되시지요?"

돈을 벌어 오지는 않지만 들어온 돈이 유지 보전되도록 생활을 유지해 가는 것, 그게 가정주부의 책임이다.

그리고 그 부분을 인정해서 재산 분할을 50 대 50으로 하는 것이다.

"하지만 내가 가지고 온 재산 3억은!"

결혼할 때 자신이 3억을 가지고 왔다. 그건 빼야 하지 않느냐고 그는 항변했다.

"그것 역시 공동재산이에요."

사람들은 자기가 가지고 온 재산에 대해서는 완전히 한 사람이 권리를 다 가진다고 생각한다.

하지만 그건 어디까지나 그 사람이 유산상속 등으로 새로 얻은 재산이거나, 결혼하고 나서 얼마 안 되어 이혼할 때에나 가능한 이야기다.

"설사 3억을 가지고 오셨다고 해도 결혼 기간이 5년이 지나면 그 재산을 공동관리하면서 가치를 유지시킨 기여분이 있기 때문에 역시 분할 대상이 됩니다."

"이런 개 같은……."

"법이 그래요."

이혼할 때 보면서 많은 남자들이 아내가 집에서 밥하고 빨래한다고 무시하면서 그 역시 노동이라는 점은 인정하지 않는다.

물론 어떤 면에서는 직장에서 부대끼는 것보다 편한 것이 사실이기는 하다.

하지만 그렇다고 해서 만만한 것도 아니다.

"그 부분은 충분히 알아들으신 것 같으니 다시 한 번 설명하자면, 이 경우에는 50 대 50으로 나누고 거기에 따른 이혼의 귀책사유를 따집니다. 그런데 이 경우는 서강판 씨가 압도적으로 불리해요."

"내가 뭘? 난 잘못한 거 없어!"

"바람피우셨잖아요?"

"남자가 사회생활을 하다 보면 그럴 수도 있는 거지!"

"그런 시대가 아니라니까요. 거기에다 폭행까지 하셨고."

바람피운 것도 한 번이 아니다. 동시에 두 명을 대상으로 바람을 피웠다.

심지어 그중 한 명은 집을 마련해 주고 생활비까지 대 주면서 거의 사실혼 관계를 만들었다고 봐야 한다.

"그런 상황에서는 절대적으로 불리해요. 거기에다가 이게 완전히 타격이 큰데……."

아내인 한숙자가 결혼 생활을 유지하기 위해 몇 번이나 대화를 신청하고 부부 상담을 하자고 애원했음에도 불구하고 그는 폭행을 가하고 집을 나와서 내연녀의 집으로 향했다.

"일반적으로 이런 경우에는 상대방 역시 가정을 유지하기 위해 노력하지 않았다고 변론을 하기 마련이거든요."

그렇게 해서 어떻게 해서든 저쪽에 조금이라도 더 책임을 지워야 한다. 그러지 않으면 재산 분할을 할 때 상당히 심한 손해를 감수해야 하기 때문이다.

"그런데 이런 행동들 때문에 그것도 안 돼요."

변호사인 자신이 봐도 상대방은 가정을 유지하기 위해 최선을 다했다. 그런데 그때마다 폭력으로 대응했으니 거의 유일한 변론 방법이 막혀 버린 셈이다.

"사실대로 말씀드리면 이런 경우 손해배상 등까지 포함하면 80 대 20입니다."

"뭐? 설마……."

"네, 서강판 씨가 20입니다."

서강판은 입을 쩍 벌렸다.

그렇게 처참한 비율이 될 줄은 몰랐던 것이다.

"거기에다 상대방이 연금까지 노리는 걸 보니……."

"뭐? 연금?"

"네."

"아니, 씨발! 그거 내 거야! 내 거라고!"

그나마 반 토막 날 판국이라고 하지만 그렇다고 해도 절대 작은 돈이 아니다.

그런데 그것마저도 달라니?

"연금도 재산 분할의 대상입니다."

이혼할 때 사람들이 잘 모르는 것 중 하나가 바로 연금이다. 그래서 그걸 분할해 달라고 하는 경우는 드물다.

그런데 소장에는 명백하게 연금을 분할해 달라고 못 박혀 있었다.

'이건…… 상대방이 누군지, 이혼 전문으로 영혼까지 털어내네.'

법적인 부분이야 그렇다고 친다고 해도 증거를 확보하는 방식이나 상대측 변론에 대응하기 위해 미리 설득하는 방식을 보면 상대방은 절대 만만한 대상이 아니었다.

"그럼……."

"방법이 없습니다."

서강판은 손이 바들바들 떨렸다.

만일 그 말이 사실이면 자신의 재산 중 기껏해야 3억 정도가 남는 것이다.

"그럼 방법이 없는 겁니까? 제발, 변호사님, 이렇게 빕니다."

아까와 다르게 다급하게 존댓말로 바꾸는 서강판.

이렇게 처참하게 질 거라고는 예상도 못 했다.

자신이 생각할 때는 아내는 집에서 탱자 탱자 놀기만 했으니 많이 줘 봐야 한 30퍼센트나 주면 될 거다 싶었는데 정작 자신이 20퍼센트라니.

"글쎄요……."

변호사는 그래도 돈이 될까 싶어서 일단 상대방이 누군지 확인했다.

그리고 그대로 서류를 덮고는 서강판에게 내밀었다.

"죄송합니다. 이건 못 할 것 같네요."

"네? 어째서요!"

"상대방이 너무 좋지 않습니다."

상대방이 새론이라고 떡하니 박혀 있었던 것이다.

물론 그와 싸운다고 해서 그들이 자신에게 불이익을 주거나 하지는 않는다.

문제는, 이번 사건은 이기지도 못하고 돈도 안 된다는 것.

'이건 뭐, 이길 방법이 있어야 말이지.'

사실 진짜 돈이 되는 것은 수임료가 아니라 승소 비용이다.

그런데 새론을 상대로 그 승소 비용을 받아 내는 것은 하늘의 별 따기다.

일단 승소 비용에서 상당 부분은 합의를 승소로 본다는 부분에 의거해서 합의를 유도해, 짬짜미하는 식으로 양측 모두 승소 비용을 챙기는 경우가 대부분이다.

하지만 새론은 그런 식의 짬짜미 합의를 하지 않는 것으로 유명하다.

더군다나 새론의 방식 중 하나가 말 그대로 상대방을 거덜 내는 방식이다.

'그나마 그냥 일반적인 사건이라면 안 그런데…….'

하필이면 상대방 변호사가 노형진이다.

그리고 자신이 아는 한 노형진이라면 상대방을 거덜 내는 것이 주특기다.

그는 나중에 변호사 비용이나 받아 낼 수 있으면 다행일 정도로 영혼까지 털어 주는 걸로 유명하다.

'거기에다 대형 사건도 아니고 고작 이혼소송에 그가 붙었다?'

그러면 답은 정해진 것이나 마찬가지.

그가 관리하는 특별 사건.

'끄응…….'

물론 아는 사람만 아는 사항이다.

다행히 그는 새론에 다니는 동료에게서 그런 것에 대해 들은 적이 있다.

—만일 우리 회사 사건이면 일단 조심해. 특히나 노형진 변호사 이름이 들어가잖아? 정말 조심해라. 그 사람, 무서운 사람이야. 수틀리면 같은 변호사도 갈아 버리고 재기 불능으로 만든다고.

물론 그런 변호사들은 악덕 변호사일 테지만 그는 위험부담을 감수할 생각이 전혀 없었다.

"죄송합니다."

결국 포기하고 소장을 내미는 변호사.

"그리고 저라면 차라리 싹싹 비는 걸 선택하겠습니다."

서강판은 혼이 나간 듯한 표정이 될 수밖에 없었다.

"바쁘네."

이리저리 뛰어다니는 서강판을 보면서 노형진은 피식 웃었다.

"완전히 머리 꼭대기에 앉아 있구먼."

"뻔한 거 아냐? 소장을 받으면 저 녀석이 어떻게 하겠어? 그걸로 국을 끓여 먹겠어, 화장실에서 쓰겠어? 결국 변호사에게 찾아가는 거지."

변호사를 찾아갔다가 온 이후에 그는 갑자기 은행을 돌아다닌다고 바빴다.

"지금 상황에서 자기가 이길 가능성은 낮다는 사실을 알았겠지. 그러면 무슨 생각을 할까?"

"돈을 빼돌리려고 하겠구나."

"빙고."

그리고 노형진의 예상대로 그는 은행마다 돌아다니면서 현금을 모조리 찾아서 나오고 있었다.

"이게 참 범죄는 아닌데 또 참 더러운 짓이란 말이지."

명백하게 자기 계좌에서 돈을 꺼내는 것이니 불법이라고 할 수는 없다. 그러나 명백하게 분할 대상인 재산을 빼돌리는 행위이므로 또 마냥 합법인 것도 아니다.

"그나저나 저 돈은 어떻게 하려고 할까?"

"당연히 어딘가에 감추겠지."

노형진은 느긋하게 운전하면서 말했다.

"그리고 '나는 아무것도 모릅니다.' 할 테고."

"그런데 왜 안 막은 거야?"

노형진은 분명히 그걸 예상했다.

그럼에도 불구하고 그는 계좌를 묶어 두거나 하는 식으로 출금을 막지 않았다.

“그거 막아서 뭐, 어쩔 건데? 그런다고 해서 우리한테 이득이 될 건 없잖아?”

“좀 더 비율이 늘어날 수도 있잖아.”

“글쎄, 그럴 수도 있지. 하지만 그래 봐야 한 2퍼센트? 3퍼센트? 그다지 높지는 않지. 워낙 저런 짓거리를 많이 하거든.”

“그러면……?”

“두고 봐, 후후후.”

노형진은 조용히 서강판을 따라다닐 뿐, 그가 하는 행동을 말리거나 하지는 않았다.

그런 줄도 모르고 서강판은 은행이란 은행은 모조리 돌아다니며 돈을 싹 쓸어 담았다.

그리고 집으로 돌아갔다.

“흠, 흠, 흠.”

그럼에도 불구하고 노형진은 콧노래를 부르면서 그저 입구를 지키고 있을 뿐이었다.

“뭐 하는 거야?”

“뭐 하는 거긴, 기다리는 거지.”

“뭘?”

“이걸.”

때마침 문이 열리면서 서강판이 다시 나오는 것이 보였다.

그럴 수밖에 없으리라.

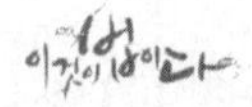

은행의 업무 시간은 평일 낮뿐이다. 어마어마한 돈을 찾아야 하니 현금 입출금기를 이용할 수는 없을 테고 말이다.

즉, 엄밀하게 말하면 지금은 업무 시간이다.

"결국은 다시 출근을 해야 한단 말이지."

아무리 파면을 앞두고 있는 막장 인생이라고는 하지만 아예 출근도 하지 않을 수는 없다. 그러니 그는 출근을 해야 할 테고…….

"다행히 아파트가 아니라 일반 주택이고."

노형진은 주변을 확인했다. 주변에는 CCTV도 없다.

"설마……."

당황하는 손채림.

노형진은 씩 웃으면서 차에서 내렸다.

그리고 뒤따라 내리는 손채림을 뒤로한 채 문 앞으로 가 주머니에서 열쇠를 꺼냈다.

"헐, 열쇠는 언제?"

"뻔한 거 아냐? 저 녀석이 돈을 찾으면 바로 땅에 파묻겠어, 아니면 뭐 금고에 넣어 두겠어?"

금액이 엄청나니 그 돈을 숨겨 둘 공간을 찾아야 한다.

당연히 그 전까지는 일단 집에 둘 수밖에 없다.

철컥.

문이 열리고 노형진은 당당하게 안으로 들어갔다.

'아무것도 없군.'

그는 이리저리 살피면서 안방으로 들어갔다. 그리고 흐트러진 장롱을 보며 씩 웃었다.

"빙고."

그는 장롱 문을 열고 거기서 커다란 가방 두 개를 꺼내 들었다.

"이거, 못해도 2억은 넘겠는데?"

"아마 3억은 되지 않을까?"

얼마가 되었든 상관없다. 자신의 돈은 아니니까.

"그럼 돌아가자고."

돈이 사라졌다는 사실을 알게 된 서강판이 과연 어떤 표정을 지을지, 노형진은 참으로 궁금했다.

'저런 표정이네.'

이혼소송을 하러 나온 서강판의 표정은 말 그대로 세상을 잃은 표정이었다.

'그렇겠지.'

나중에 세어 본 금액은 무려 3억 2천만 원.

어마어마한 돈이다.

그걸 모조리 현금으로 찾아서 감추려고 했는데 한꺼번에 사라졌으니 제정신일 수가 없다.

"증거에서 보다시피 피고는 원고에게 상습적 구타와 폭언을 퍼부었으며 불륜으로 인해 사실상 혼인의 유지가 불가능해졌습니다. 그 와중에 원고는 부부 상담을 받자고 피고를 설득하고 정신과 치료 등을 통해 부부 관계의 회복을 위해 최대한 노력했습니다만 피고 측이 구타를 가하였고, 그로 인해 원고는 전치 4주 이상의 상해를 입었습니다. 그것도 모자라서 피고는 그날 저녁 불륜녀에게 찾아가 그 후 닷새간 집에 오지 않았습니다."

자신의 죄상이 까발려지자 고개를 숙이고 한숨을 쉬는 서강판.

옆에 있던 변호사 역시 한숨만 쉬고 있었다.

'이건 뭐…….'

소장에서 보기는 했지만 재판 현장에 나와서 직접 증거를 보니 도무지 말이 나오지 않는 지경이다.

"또한 피고는 현재 뇌물 수수 등의 범죄를 저질러 수사 중이며, 그 수익을 상간녀에게 지급하여 빼돌리는 등의 범죄를 저질러 이 이상 혼인을 유지하는 것이 사실상 불가능하다 할 것입니다."

상간녀란, 바람피운 상대방 여성을 뜻하는 법률적 용어이다.

스폰을 한답시고 그렇게 돈을 퍼 줬으니 당연히 문제가 될 수밖에 없다.

'그리고 이게 끝이 아니란 말이지.'

노형진이 그가 돈을 찾아가는 걸 알면서도 그냥 두고 본 이유는 따로 있다.

"그리고 재산 분할에 관해서도 명확하게 짚고 넘어가야 할 점이 있습니다."

"네? 그게 무슨 말입니까?"

상대방 변호사는 어리둥절한 얼굴이 되었다.

재산 분할에 관해서 명확하게 짚고 넘어가야 한다니?

"원고는 평소 재산에 관해 잘 알지 못했습니다. 피고 측이 재산을 관리하였고, 일부 생활비만을 지급했기 때문입니다. 그래서 이번에 재산의 내역을 확인하던 중 새로운 사실을 알아냈습니다. 피고가 소장을 접수하고 난 지난 며칠 사이 은행을 돌아다니면 현금 전액을 수령해 갔다는 사실입니다."

피고 측 변호사는 뜨악스러운 표정이 되었다.

현대에 와서는 모든 모든 것이 전산화되어 있기 때문에 그렇게 빼돌리는 것도 기록이 남는다.

당연히 문제가 될 텐데 은행에서 재산을 빼돌리다니.

"재판장님…… 잠깐 휴정했으면 합니다, 그런 사항은 전혀 듣지 못해서."

돈을 빼돌리는 행동을 많이 하기는 하지만 설마 전액을 수령해 갔으리라는 것은 전혀 예상하지 못했기 때문에 피고 측 변호사는 다급하게 말했다.

"그건 상관없습니다만, 그 금액이 무려 3억 2천 만 원입니다. 그러니 그 부분을 포함하여 재산 분할을 하는 것이 맞다고 생각합니다.”

“헉! 잠깐만요! 저. 그 돈 없어졌습니다! 그 돈은 도둑맞았다고요!”

서강판은 다급하게 말했다.

“이미 경찰에 신고도 했고 주변을 수사 중입니다! 재판장님, 확인해 보세요! 진짜로 도둑맞았습니다!”

“신고야 전화 한 통이면 끝인데요. 그게 재산을 잃어버렸다는 증거는 되지 않습니다.”

노형진은 딱 잘라서 말했다.

그리고 판사도 어이가 없다는 표정으로 서강판을 바라보았다.

“피고, 그렇게 거짓말하면 판결에 부정적인 영향을 미칩니다.”

오죽 어이가 없으면 판사가 엄중하게 경고할 정도였다.

“진짜입니다. 거짓말이 아닙니다. 판사님, 한 번만 믿어주세요!”

“설사 믿어 준다고 해도 그 돈을 찾아간 것은 피고이고, 그 돈을 잃어버린 것도 피고입니다. 재산 분할은 이혼소송이 시작된 시점을 기준으로 판단하는 것인 만큼 피고의 과실로 돈을 잃어버린 것은 재판에 하등 영향을 주지 못합니다.”

혼이 나간 듯한 표정이 되는 서강판.

"기일을 변경해 주시기 바랍니다, 판사님."

당혹스러운 사태에 피고 측 변호사는 서강판을 노려보면서 어쩔 수 없이 변론 기일 변경 요청을 한 번 더 하는 수밖에 없었다.

⚖

"이제 마지막인가?"

"아직은 안 끝났다."

"헐, 너무한 거 아냐? 그 인간한테 남은 게 있기는 있는 거야?"

"있지, 확실하게."

판사는 그가 가지고 간 재산을 포함해서 판결을 내렸다.

즉, 75 대 25.

대략적으로 보면 현금으로 가지고 간 재산을 제외한 모든 재산을 한숙자에게 넘기라는 판결이었다.

"서강판이 항소하기는 했지만 아마 뒤집는 건 힘들 거야."

워낙 사고도 많이 치고 심지어 돈까지 빼돌리려고 하다가 발각된 터라, 그나마 재판부가 최대한 선처한 것이 저 정도였기 때문이다.

"뭐가 남았는데? 현금은 우리가 가지고 왔잖아."

이미 현금은 한숙자와 서지아에게 넘어갔다.

한숙자는 고민하는 눈치였지만 서지아는 서강판이 폭삭

망했다고 하자 아주 속이 시원하다고 노래를 불렀다.

"연금이 남아 있지."

"연금?"

"아무리 이혼한다고 해도 연금을 전부 가지고 올 수는 없거든."

그래서 서강판이 받을 연금의 절반만 가지고 올 수 있었다.

원래 그가 매달 받을 연금은 480만 원이었다.

그러나 파면을 당하면서 정부 보조금을 빼앗기는 바람에 그가 가지고 갈 수 있는 연금은 240만 원뿐.

그나마도 한숙자가 절반을 가지고 오게 되었기 때문에 남은 것은 120만 원.

그 나이에 집도 없고 직장도 없고 전과까지 달게 된 그에게 마지막으로 남은 돈이었다.

"하지만 일은 확실하게 해야지."

노형진은 씩 웃으며 말했다.

"복수는 넘치게 하는 것 같은데?"

"한숙자 씨의 복수는 끝났겠지. 하지만 그 인간에게 복수하고 싶어 하는 사람은 더 있을걸."

"누구?"

"누구겠어?"

그 순간 '딸랑' 하는 벨 소리가 들리면서 커피숍의 문이 열렸다.

그리고 한 남자가 힘겹게 들어섰다.

"저 사람은?"

"안민영의 남편이야. 서강판 때문에 가장이 파탄 난 남자."

아무리 안민영이 자의적으로 바람을 피웠다고 하지만 그걸 받아 준 것은 다름 아닌 서강판이었다.

그러니 그 가정 파탄의 책임이 그에게 있다는 것은 부정할 수가 없었다.

"안민영에게 최대한 뜯어낸다고 하더라도 결국 서강판에게도 원한이 없을 수는 없지."

노형진은 그렇게 말하면서 다가온 그에게 자리를 권했다.

"지난번에 뵙고 다시 뵙네요. 좋은 일로 뵈었다면 좋았을 텐데요."

남자는 고개를 흔들었다.

"다 필요 없습니다. 단도직입적으로 묻겠습니다. 그 두 연놈에게 복수하고 싶습니다. 확실하게요. 가능합니까?"

노형진이 미소 지었다.

"그게 바로 저희 전문입니다, 후후후."

재판은 아직 끝나지 않았다.

영화는 돈으로 만드는 거지,
눈물로 만드는 게 아니다

노형진의 직함은 많다.

변호사도 있고, 단체의 이사도 있으며, 한편으로는 투자자도 있다.

그리고 그중에는 엔터테인먼트조합의 고문 변호사도 있다.

물론 대부분의 경우에는 노형진이 변론하러 가지 않는다.

노형진이 고문 변호사인 동시에 투자자이기도 해서 조합 측에서 부담스러워할 뿐만 아니라, 노형진 역시 굉장히 바쁘기 때문이다.

그럼에도 불구하고 노형진에게 상담하러 오는 사람이 없는 것은 아니었다.

"영화 출연요?"

"네."

그런 경우는 대부분 일반적인 변호사들이 해결하지 못하는 그런 사건이다. 설사 사건이 아니라고 해도 상당히 골치 아픈 경우일 수밖에 없다.

"그걸 거절하고 싶다고요?"

"네. 우리 하영이를 살려야 합니다."

읍소하다시피 비는 남자는 조합 소속의 우산엔터테인먼트 사장이었다.

대형도 아닌 소형 회사이고 아이돌보다는 배우 전문으로 하는 곳이다. 그런 곳에서 영화 출연을 거절하다니?

'아니, 이해가 안 가는데?'

노형진이 모든 소속 연예인을 다 아는 건 아니다. 하지만 유명한 사람들은 알고 있다.

이를 반대로 말하면 유명하지 않은 배우들은 모른다는 건데, 노형진이 아는 이름 중에 '이하영'은 없었다.

즉, 무명 배우라는 건데.

"무명 배우라면 영화 출연이 기회가 되지 않습니까?"

그렇게 출연하면 이름을 날린다.

설사 영화가 망한다고 해도, 그가 무명 배우라면 그 책임이 크지 않다. 아무 경험도 없는 무명 배우에게 다짜고짜 주연을 시키려고 하지는 않을 테니까.

"다른 영화라면 그렇지요. 이건 안 됩니다. 이 사람은 안 돼요!"

"이 사람?"

"감독이 문제입니다, 감독이! 그 인간한테 걸리면 우리 하영이 인생이 망가져요!"

사장인 소태문은 질색을 하면서 양손을 흔들었다.

"감독이 무능한 사람인가 보죠?"

자신이 미다스라고 불리듯이 손만 대면 망하는 사람이 있다.

그래서 보통 그런 사람은 '마이너스의 손'이라고 부르기는 하는데…….

"무능? 차라리 무능한 인간이면 괜찮지요. 영화가 망해도, 무명이니까 경험이라도 쌓을 수 있으니까요. 그런데 감독이 누군지 압니까? 황상어 감독입니다."

"황상어 감독요? 그 사람, 무척 유명한 사람 아닙니까?"

노형진은 그 말이 이해가 가지 않아 고개를 갸웃하면서 물었다. 그가 알기로 황상어 감독은 해외 유수의 영화제에서 상을 많이 받은, 실력이 인정된 감독이기 때문이다.

한국 영화계에서 몇 안 되는 거장이라고 불리는 사람이고.

"보통은 어떻게 해서든 그 사람 영화에 출연하려고 줄 서지 않습니까?"

"보통은 그렇지요. 유명한 배우들은요."

"네?"

"하지만 무명 배우들, 특히 신인들에게는 인생을 망치는

지름길입니다."

"인생 망치는 지름길요?"

"황상어 감독이 좋은 사람은 아니에요. 그 사람이 조연들을 왜 자꾸 무명을 쓰는데요. 유명한 조연은 출연을 하지 않아서 그러는 겁니다."

"네?"

노형진은 고개를 갸웃했다.

유명한 사람들은 그 사람 영화에 출연하지 않으려고 한다는 건 들어 본 적이 없기 때문이다.

"그 인간 영화에 출연하면 조연들 인생이 망가져요. 그 인간이랑 영화 찍은 조연 중에서 성공한 사람이 없습니다."

"그거야 우연일 수도 있지 않습니까?"

"우연이 아니에요."

극구 부인하는 소태문.

노형진은 그런 그의 말에 머리를 북북 긁었다.

"그렇게 싫으시면 출연을 고사하면 되지 않습니까?"

"그러면 그 녀석이 매장시켜 버려요."

"매장요?"

"네. 그 인간이 달리 거장이라고 불리는 게 아닙니다. 영화판에서 가진 힘이 상상 이상이에요."

"그래서요?"

"만일 출연을 고사하면 말 그대로 생매장입니다, 생매장."

"네? 생매장요?"

"네!"

"그런……."

방송 출연은커녕 조연 자리 하나 안 들어오게 막아 버린다는 것이다.

그래서 다들 그와 영화를 찍기 싫어하면서도 어쩔 수 없이 눈물을 흘리면서 출연한다는 것.

"하지만 우리 하영이가 끝나면 우리도 끝입니다!"

소태문의 우산엔터테인먼트는 소규모 회사다. 돈이 충분한 것도 아니고 말이다.

벌써 두 번이나 배우를 키우는 데 실패했다.

그리고 이하영은 얼마 전 잭팟은 아니더라도 중박은 터진 영화에서 조연으로 성공한 배우였다.

손익분기점이 200만인 영화였는데 전국적으로 600만 명이 들어오면서 제법 성공해서 이름을 좀 알리려고 하는 찰나였던 것.

"흠……."

노형진은 이 상황이 사실 이해가 가지 않았다.

다른 사람도 아니고 황상어 감독이다. 자신이 아는 황상어 감독이라면, 출연하기 위해서 돈이라도 줘야 하는 거 아닌가?

"일단은 저도 알아보지요."

이런 문제는 막 대할 수가 없다.

특히 양쪽의 인간이 의견이 다를 경우라면 더더욱 말이다.

소송도 아니고 단순 트러블일 수도 있는데 변호사가 설레발치면 일이 커질 수도 있다.

"제발 막아 주십시오."

소태문은 그런 노형진에게 읍소하다시피 빌었고, 노형진 머릿속으로 이러한 일에 대해 잘 아는 사람의 기억을 더듬기 시작했다.

'이런 거라면…….'

원래 노형진은 회귀 전에 영화 쪽에 관심이 많았다. 그저 보는 것뿐이었지만 말이다.

그래서 그쪽으로 관련된 사람들을 좀 알고 있었다.

회귀 이후에는 그다지 연을 만들어 두지는 않았지만.

'그래도 그 사람이라면 알겠네.'

알 만한 사람이 한 명 떠오르자 노형진은 그와 약속을 잡기로 했다.

⚖

"노형진입니다."

"서하필입니다."

조용한 횟집. 그곳에서 노형진과 서하필은 서로 마주 보고 앉았다.

'기분이 묘하네.'

서하필은 상당한 이름을 가진 영화 평론가다.

단순히 영화를 판단하는 것에서 그치는 게 아니라 그 저변에 있는 수많은 이야기를 모으는 것으로도 유명하다.

그래서 회귀 전에는 그와 호형호제하면서 친하게 지냈다.

'이번 생에는 처음이구나.'

이번 생에서는 전혀 알지 못하는 사이다 보니 왠지 기분이 묘할 수밖에 없었다.

"변호사님이 연락을 주셔서 놀랐습니다. 다행히 제가 관련된 소송이 아니라고 하니 안도가 되네요, 하하하."

"소송이 많은가 봐요?"

"뭐, 자기 영화가 망한 탓을 남한테 돌리고 싶어 하는 놈들은 수두룩하거든요."

"아아."

그건 회귀 전에도 들었던 이야기다.

영화가 대차게 망하면 그 책임을 남에게 돌리려고 하는 놈들이 많은데, 그 대상 중 하나가 바로 신랄한 비평을 한 평론가라고 하던가? 그래서 몇몇 놈들은 일단 평론가를 '묻지 마 고소' 하기도 한다고 한다.

"그런 건 아니고, 저희가 사건 하나를 담당하게 될 것 같은데 정확한 정보가 필요해서요."

"정확한 정보라……. 저를 부르신 걸 보니 영화 쪽인가 보군요?"

"네."

"어떤 사건인데요?"

"황상어 감독에 관한 이야기인데……."

노형진은 소태문에게서 들은 이야기를 적당하게 정리해서 이야기해 줬다.

그 이야기를 들은 서하필은 약간 곤란한 표정이 되었다.

"음……."

"왜요? 무슨 일 있으신가요?"

"저를 만난 걸 비밀로 해 주실 수 있나요?"

"비밀요?"

"네. 이런 이야기가 나왔다고 하면 좀 곤란하거든요."

"네?"

노형진은 약간 당황했다.

서하필은 신랄하게 영화를 까는 것으로 유명한 사람이다.

그런 그가 비밀로 해 달라고 할 정도면 황상어 감독의 힘이 도대체 얼마나 강하단 말인가?

"비밀로 해 드리지요."

"감사합니다. 저한테 들었다고 하시면 안 됩니다."

"네. 우리는 만난 적도 없는 겁니다."

고개를 끄덕거린 서하필은 천천히 입을 열었다.

"황상어 감독, 상당히 문제가 많은 감독입니다. 이 소태문이라는 사람의 말이 틀린 게 아니에요."

"그렇습니까?"

"네. 특히나 여자 문제가 아주 더럽기로 유명하죠."

"여자 문제?"

"네."

"그런데 그냥 둡니까?"

"거장이라는 이름이 그냥 붙은 게 아닙니다. 한국 영화계에서 일종의 신처럼 군림하고 있어요."

"신요? 하지만 그는 흥행한 영화가 없잖아요?"

웃긴 일이기는 하지만 그는 거장 소리를 듣지만 흥행한 영화가 없다.

평생에 걸쳐서 그 많은 영화를 찍었지만 손익분기점을 넘은 영화는 고작 두 개뿐이다.

다른 영화감독 같았으면 아마도 벌써 퇴출되었을 것이다.

"예술영화라고 생각하니까요. 웃긴 일이지만."

어깨를 으쓱하는 서하필.

"소태문이라는 사람의 말이 대부분 맞습니다."

물론 주연급은 그의 영화에 출연하고 싶어 한다.

세계적인 영화제에 초청받아서 간다는 것이 그들의 꿈이니까.

"감독도 주연급한테는 섣불리 하지 않습니다. 어찌 되었건 주연급 배우를 잘못 건드리면 골치 아프거든요."

"그런데요?"

"그래서 대부분 조연급을 희생시키지요."

"조연급을 희생시켜요?"

"네. 그가 예술영화를 찍는다고 말씀드렸잖습니까? 그래서 극단적인 묘사를 좋아합니다. 특히 여자 옷을 벗기는 걸 아주 좋아합니다."

"그래요?"

"네. 문제는, 주연급은 그렇게 마음대로 할 수가 없다는 거죠."

그래서 그는 조연급의 옷을 강제로 벗기는 경우가 많다고 한다.

계약할 때는 그런 장면이 없다고 하고는 정작 영화에 들어가면 갑자기 옷을 벗기거나 심지어 정사 신을 찍거나 하는 경우도 있다고 한다.

"그리고 연기 지도 한답시고 여배우 몸을 만지작거리는 것으로도 유명하지요."

"허."

"거기에다가 자기 자리를 이용해서 접대도 많이 요구하고요."

"조연에게요?"

"네. 힘없는 조연 여배우들은 황상어 감독을 이길 수가 없으니까요."

그것만 문제가 아니었다.

자기처럼 유명한 감독의 영화에 출연하는 것이니 돈은 꿈도

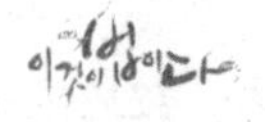

꾸지 말라면서 돈도 안 주고 마구 부려 먹는다는 것 등, 그가 기본적으로 저지르는 범죄는 한두 개가 아니었던 것이다.

성희롱, 성추행, 계약 위반, 폭행, 임금 체불 등등.

"막말로 영화판에서 이루어지는 갑질의 종합판 같은 인간입니다."

"음……."

노형진은 얼굴이 심각해졌다.

"그런데 퇴출이 안 됩니까?"

"일단 영화판이 이런 문제가 원래 심각한 것도 있습니다. 흔하게 벌어지는 일이라는 뜻이지요. 황상어 감독이 유독 심하기는 하지만요. 그리고 아까도 말했다시피 거장입니다, 거장. 한국에서 주장하는 자칭 거장이 아니라, 인성이야 어떻든간에 세계적인 거장으로 인정받고 있다는 거죠."

그래서 그의 추종자들이 적지 않다는 것이다.

그래서 그는 권력화되어서, 누구도 그를 건드리지 못하게 되었다는 것이다.

"흠……."

노형진은 이해가 가지 않았다.

그런 인간이 어떻게 후원을 받아서 영화를 찍는지 말이다.

더군다나 그의 영화는 대부분 손익분기점을 넘지 못했다.

그런데 왜 그런 인간들에게 다른 사람들이 투자하는지도 이해가 안 간다.

"다른 사람들이 많이 투자하나 보군요."

"돈만 보고 투자하지 않는 사람도 있거든요."

"이해는 갑니다."

과거에서부터 돈이 아니라 가치에 투자하는 사람도 존재했다.

특히나 예술적인 부분은 당장의 돈보다 가치가 더 중요하다.

그래서 역사적으로 유명한 화가나 음악가도 당대의 귀족이나 부자에게 지원받곤 했다.

"그런데 문제가, 그 인간이 너무 권력화되었다는 거죠."

"네? 그건 또 무슨 말씀이신지?"

"그가 추구하는 건 예술영화입니다. 그건 이해가 갑니다. 문제는, 시장의 파이는 한정되어 있다는 거죠."

"파이?"

"네. 예술영화에 투자하고자 하는 사람들은 한정되어 있는데 그가 투자금을 다 빨아먹고 있습니다."

"아……."

상업 영화야 어찌 되었건 돈만 보고 투자하는 사람이 적지 않으니 계속 투자자가 생기지만, 예술영화는 그렇지 않다.

그런데 그가 그 투자금을 모조리 쓸어 가는 바람에 신인 예술영화 감독들은 영화도 제대로 만들지 못한다는 것.

"거장의 어두운 단면이지요."

'그러고 보니…….'

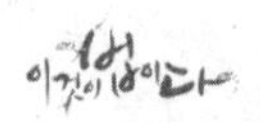

어느 순간 한국에서 예술영화가 씨가 마르는 시기가 있기는 했다. 물론 아예 만들어지지 않았다기보다는, 사람들이 기대하는 해외 영화제에서 제대로 수상을 하지 못했다는 뜻이다.

'신인 감독이 없어서였나.'

한 사람이 예술 감독이 되기 위해서는 지원이 필요한데 그 지원을 받지 못하니까.

'하긴…… 황상어 감독의 작품은 비슷비슷하지.'

처음에는 쇼킹하고 충격적이며 날카로운 시선으로 세상을 비트는 작품이었을지 모르지만, 어느 순간부터 비슷비슷한 코드로 영화를 만들었다.

자극적인 소재와 난데없는 베드신과 노출 신, 그리고 중간이라고는 없는 극단적 감정 상태 등등.

'처음에는 그걸 보고 상을 줬을지도 모르지만…….'

영화제가 바보도 아니고, 매번 비슷한 영화만 들고 오는 사람에게 상을 줄 리 없다.

결국 새로운 감독이 새로운 작품을 들고 가야 하는데, 그 영화 제작비를 황상어 감독이 모조리 빨아먹고 있다는 것.

"그래 놓고 자기 돈을 철저하게 챙겨요."

"아까는 배우한테 안 준다면서요?"

"배우뿐입니까? 스태프 중에도 돈을 받지 못한 사람들이 많아요."

온갖 욕을 다 먹어 가면서도 묵묵히 일한 스태프들은 제대로 돈도 못 받는데, 그는 영화 제작을 할 때마다 수억에 달하는 임금을 따로 챙겨 간다는 것이다.

"그래서 조연을 구하는 게 쉽지 않아요."

"그래요?"

"더러운 꼴은 조연이 다 당하는데 레드 카펫은 주연을 위한 자리니까요."

"왜 그런 거죠?"

"대부분의 주연급은 파워가 있으니까요."

그가 아무리 막장이라고 하지만 거대 소속사와 싸움이 시작되면 여러모로 골치 아프다. 그러니 거대 소속사에 속해 있는 주연급 배우에게 무리한 요구는 하지 못한다.

"대신에 조연을 약한 소속사에 요구한다 이거군요."

"네."

"그래도 기회를 잡으면 좋지 않나요? 이런 말 하긴 그렇지만, 옷을 벗어서라도 성공하려고 하는 아이들은 있는데."

노형진이 기본적으로 성 접대를 막았다고 하지만 본인이 원해서 자발적으로 나서는 것까지 막아 낼 수는 없다.

물론 그런 아이들의 생명은 오래가지 못하지만, 어찌 되었건 그렇게 자발적으로 나서는 사람이 없는 것은 아니다.

"그거야……."

서하필은 약간 주저하다가 말을 꺼냈다.

"이미지 문제지요."

"이미지요?"

"툭 까고 말해서, 누군가에게 로비해서 성공한다고 하면 외부에 그게 보이겠습니까?"

"그건 그렇군요."

"하지만 이건 영화거든요. 이러니저러니 해도 중요한 건 돈입니다. 그런데 황상어 감독의 영화에 출연하면 이미지가 말 그대로 박살 납니다."

그의 영화는 기본적으로 자극적이고 극단적이다.

특히나 조연의 경우 필수적으로 누드 신이나 베드신을 집어넣는다.

"그런 장면을 찍은 여배우를 누가 써요? 주연급이라면 이해라도 하지."

"하긴……."

주연급이라고 해도 그런 장면을 찍는다는 것은 아주 독하게 마음먹지 않으면 쉽지 않다.

그럴 수밖에 없는 게, 그런 장면을 찍는다는 것은 그 작품이 아주 대단하거나 자기가 이제 보여 줄 게 없는 끝물이라는 것을 인정하는 뜻이기 때문이다.

"당장 배우들한테 가장 돈이 되는 게 CF예요. 그리고 주변에 여자 배우나 아이돌이 가득합니다. 그런데 베드신을 찍은 여배우를 CF에 기용하겠습니까?"

"아아."

배우로서의 자신이 완성된 이후에 연기 변신을 위해 찍는 게 아니라 아무것도 없는데 그냥 벗는 거라면 그 사람의 이미지는 그렇게 고정되기 마련이다.

"그래서 조연 여배우 중에서 성공한 사람이 없다고 하는 거군요."

"네."

연예인은 이미지를 소비해서 먹고사는 존재다.

그런데 누드 신이나 베드신을 찍는다는 것은 이미 볼 거 다 보여 준다는 의미가 강하다.

"거기에다 그 감독이랑 영화 한번 찍으면 버릇이 더럽게 들어요."

"네?"

"황 감독이 버릇이 안 좋다고 말씀드렸잖아요."

그의 영화는 절대로 정극이 아니다.

극단적이고 자극적이며, 소위 말하는 멘붕으로 가득 찬 세계관이다.

"그래서 그 사람한테 연기 지도 받고 다른 영화 제작 팀에 가면 '발 연기' 취급받습니다. 거기서 하는 연기는 상을 받기 위한 연기지, 한국 상업 영화용 연기는 아니거든요."

정적인 연기가 불가능해져서 극단적인 감정만 표현이 가능하기 때문이다.

그걸 고치려면 못해도 1년 이상 걸리는데…….

"여배우들로서는 치명적이군요."

"네."

그것도 주연도 아니고 조연급이면, 치명적이다 못해 사실상 은퇴하는 꼴이 된다.

매년 연기 지망생들이 얼마나 많은가?

거기에다 아이돌에서 연기자로 전향하는 숫자만 생각해도 어마어마하다.

"그래서 '조연으로 황상어 감독 영화 한번 찍으면 인생 끝'이라는 말이 있죠. 그게 사실이고."

연기 버릇은 개판으로 들어 버리고 이미지는 버려진다.

그렇다고 해외에 가서 상을 받을 수 있는 것도 아니다. 조연 배우를 해외 영화제에서 부르지는 않으니까.

"말 그대로 쓴물 단물 다 빨아먹고 버리는 겁니다."

"흠……."

"거기에다 영화 촬영 기간 동안 더러운 꼴을 어마어마하게 당하지요."

툭하면 불러서 술 접대 시키고 여기저기를 더듬는다. 온갖 욕과 희롱은 기본이고.

"소문으로는 성 접대도 요구한다고 하더군요."

"소문이라……."

소문이라고 하지만 서하필쯤 되는 사람이 그냥 지라시에서 도는 이야기를 말하지는 않을 것이다.

그런 사람이었다면 애초에 노형진이 회귀 전에 친해지지도 않았을 테고.

아마도 소문이라고 무마한 것은 황상어가 찍은 영화에 출연했던 배우들의 미래가 있으니까 돌려 말하느라 그런 것일 거다.

"음……."

"간단하게 말하죠. 황상어 그 새끼, 재능 넘치는 씹 쌔끼입니다."

"골치 아프군요."

재능이 없는 놈이라면 묻어 버리는 게 쉽다. 하지만 재능이 있다면 어떻게든 살아남게 된다.

그런데 황상어는 누가 봐도 천재라고 불릴 만한 사람이다.

'그런데 성격은 지랄 같단 말이지.'

"아무래도 이번 사건에 대해서는 좀 고민해 봐야겠네요."

노형진은 머리를 북북 긁었다.

⚖

"구역질 나."

영화를 잘 모르는 손채림이 황상어의 영화를 보고 한 첫마디였다.

"좀 그렇지?"

"이런 게 거장이라고?"

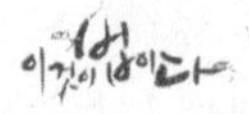

"그래서 거장인 거야. 인간은 원래 부정적인 것에서 시선을 돌려 버리고 싶어 하거든. 그걸 눈을 돌리지 않고 표현해 내는 게 거장이지."

"그런데 꼭 이렇게 구역질 나게 표현해야 해?"

"그게 문제야. 거장 취급받기는 하지만 다른 방식을 모르는 거지."

"끄응……."

인간이 눈을 돌리고 싶어 하는 부분은 많다.

하지만 누군가는 그걸 위트 있게 표현함으로써 사람들이 웃으면서 보면서도 끝난 후 여운을 느끼게 한다.

하지만 황상어는 그런 타입이 아니다.

끝까지 자극적이고 부담스럽게 만든다.

그 바람에 대부분의 사람들은 좋아하지 않고.

"영화의 촬영 방식은 그렇다 쳐도, 사람을 대하는 방식이 문제야."

이런 식으로 사람을 대하면 퇴출되어야 정상이다.

그런데 그러지를 못하니 문제인 것.

"그냥 거절하면 매장당한다고?"

"그래. 전화 한 통이면 되니까."

이런 말 하면 그렇지만, 이하영쯤 되는 조연 여배우를 구하는 것은 쉬운 일이다.

감독들이 황상어의 부탁을 받고도 그를 무시하고 이하영

을 출연시켜 줄 이유는 없다.

"그러면 어쩌지? 네가 이하영을 밀어줄 거야?"

"아니. 그러면 형평성 문제가 심해져. 아마 죄다 나한테 밀려들걸."

이하영이 성공하면 아무리 황상어라고 해도 그녀를 선불리 대할 수는 없다. 그러니 좋은 방법이기는 하다.

하지만 그런 방법은 부작용이 심하다.

소문이 나면 다들 노형진에게 와서 매달릴 테니까.

게다가 그건 해결책이 아니다.

그저 다른 표적으로 황상어의 시선을 돌리게 하는 것일 뿐.

"그러면 그 녀석을 퇴출시키는 건 어때? 너한테 그 정도 힘은 있잖아."

사실 연예계에서의 힘으로 보면 노형진 역시 약하지 않다.

아니, 원하면 황상어쯤 압살할 수 있을 만큼 강력하다.

그가 가장 먼저 시작한 투자가 바로 영화였으니까.

영화를 좋아해서 어떤 영화가 뜨는지 다 알고 있었으니까.

"나도 그 방법을 생각해 보기는 했는데, 쉽지는 않을 거야. 일단 그 녀석이 사는 세계와 내가 사는 세계가 다르거든."

"그게 무슨 말이야?"

"그 녀석은 예술영화, 난 상업 영화."

노형진이 영화를 좋아한다고 해서 예술영화를 찾아보지는 않았다. 그래서 황상어 감독에 대해 잘 몰랐던 것이고.

"내가 투자자로서 이름을 가진 쪽은 상업 영화야. 예술 쪽에는 전혀 없지. 그리고 예술영화에 투자하는 사람들은 반대로 상업 쪽은 관심이 없어. 왜냐하면 그 사람들은 예술가를 지원한다고 생각하거든. 그래서 돈보다는 작품성을 추구하는 거니까."

"그러니까 같은 영화판이지만 다르다 이거구나."

"그래. 그 차이는 어마어마하지."

노형진이 투자를 막으려 한다고 해도 투자하는 사람들이 속한 세계가 다르니 노형진의 압력이 제대로 들어가기 힘들다.

설사 어느 정도 압력을 행사할 수 있다고 해도, 황상어의 힘을 생각하면 기존에 있던 자칭 예술을 한다는 예술 감독들이 뭉쳐서 저항할 가능성도 존재한다.

"더군다나 그는 한국이 낳은 거장이 맞거든."

"그게 무슨 소리야?"

"한국의 고질병이 있지. 성공하기 전에는 모르는 인간이지만 성공한 이후에는 한국인이라고."

"성공하면 한국인?"

"쉽게 말해서, 내가 싸움을 걸면 정부와 관계된 단체 역시 엮일 거라는 거야. 그들 입장에서는 거장이라고 불리는 황상어 감독을 보호해야 하니까."

"그 범죄를 알면서도?"

"그 인간들이 몰라서 황성어가 지금까지 잘나가는 거겠어?"

모를 수가 없다.

그냥 혼자 숨어서 저지르는 것도 아니고 영화 촬영장에서 대놓고 그 지랄을 해서 파다하게 소문이 날 정도인데 과연 정부 관계자가 모를까?

"학교에서 학교의 명예를 위해 강간범을 처벌하지 않는 거랑 비슷한 거지. 일단은 한국의 거장 감독이라는 존재를 보호해야 하니까."

그런데 그가 범죄를 저질러서 처벌을 받게 되면 그 이름은 더러워지니 전 세계에 자랑할 수 있는 대상이 사라진다는 것이 문제가 된다.

"와, 더럽다."

"원래 그래."

희생자들이야 어찌 되었건 유명인을 보호하는 것이 현실이다. 그건 한국뿐만 아니라 해외에서도 종종 벌어지는 일이다.

"'유명해져라. 그러면 네가 똥을 싸도 사람들은 박수를 보낼 것이다.'라는 말이 그냥 생긴 게 아니야."

"그러면 고발을 해도 제대로 된 처벌은 못 받는다는 거네?"

"그렇겠지. 그가 찍은 영화가 한두 편이 아닌데 지금까지 고발한 사람이 단 한 명도 없겠어?"

"아……."

그런 꼴을 당하고 나서 뜨기는커녕 사실상 매장당했다면 피해자의 입장에서는 억울할 수밖에 없다.

그러니 아예 영화판에 돌아오지 않을 생각으로 고발한 사람이 분명 존재했을 것이다.

하지만 그럼에도 불구하고 그가 여전히 왕성하게 활동한다는 것은 그게 제대로 처리되지 않았다는 것.

"기자들 역시 대부분 그와 친할 테니까."

그가 몰락하는 단계도 아니고 여전히 힘을 가지고 있는 상황에서는, 그를 고발하는 기사를 쓰는 사람도 없을 테고…….

'그리고 효과도 별로 없겠지.'

애초에 그가 만드는 영화는 상을 받기 위해 만드는 것이지, 국민들이 보기 위한 것이 아니다.

'철저하게 자기들만의 세계일 테니까.'

그러니 국민들이 불매운동을 해 봐야 아무런 효과도 없다.

실제로 예술영화 감독이 다른 문제로 추문에 휩싸였을 때 국민들 중 그를 욕하지 않는 사람이 없었지만 그에게는 아무런 피해도 없었다.

자기들끼리 물고 빨아 주면서 거장이니 어쩌고 하면서 칭찬하느라 바빴으니까.

애초에 국민들이 보는 영화도 아니니 국민들을 마치 개돼지 취급하면서 그들은 자신이야말로 뛰어난 선각자인 것처럼 행동했다.

"그러니 불매운동을 해 봐야 의미도 없을 테고."

"사생활을 까발리는 건?"

"주변에서 그걸 몰라서 지금 이러는 게 아니잖아."

"하지만 최소한 영화제에서 상은 받지 못하게 할 수 있잖아."

"그게 불가능해."

"응?"

"해외 영화제가 왜 공신력이 있는데. 외부에서 어떤 압력이 들어가도 오로지 영화만 보고 판단하기 때문이야."

"이것도 하나의 압력이 된다는 거야?"

"그래."

그들에게 중요한 건 영화 그 자체이지 영화를 만든 사람의 추문이나 사회적 문제 또는 인격 그리고 정치적 신념 등이 아니다.

웃기지만, 그렇기 때문에 공신력을 인정받을 수 있는 것이다.

"그럼 어쩌지?"

"글쎄다. 그게 문제야. 법적으로 하자니 이하영은 매장당할 거야. 소태문은 망할 테고. 그렇다고 그냥 두자니 황상어가 이런 짓거리를 얼마나 더 해 댈지 모르는 일이고."

노형진이 알기로는 황상어는 매년 한 번씩 영화를 낸다.

그리고 앞으로 족히 10년은 넘게 활동한다.

벌써 20년째 활동하고 있으니 그 피해자만 스무 명이 넘을 것이다.

'아니지, 더 될 수도 있지.'

이런 녀석이 출연을 미끼로 다른 사람을 건드리지 않았으리라는 보장은 없으니까.

"일단은 만나서 이야기해 보자고."

"어쩌려고?"

"겁을 한번 줘 봐야지."

그걸로 안 된다면 그의 기억에서 약점을 찾아내는 수밖에 없을 거라는 생각에 노형진은 한숨을 쉬었다.

⚖

"하! 그래서 출연하기 싫다?"

"출연하기 싫다기보다는, 적당한 출연료를 주셨으면 해서요."

거절하는 순간 이하영에 대한 보복이 시작될 게 뻔하기 때문에 노형진은 애써 에둘러서 말했다.

"뭐, 돈? 출연료?"

"네. 아무래도 이제 갓 조연이고 소속사도 작다 보니까 영화를 찍는 데 집중하면 몇 달간 수입이 없는데, 그러면 버티는 게 쉽지 않아서, 헤헤헤."

노형진은 애써 웃으면서 말했다.

그러자 황상어는 어이가 없다는 표정이 되었다.

"이거 이거, 이러니까 예술도 모르는 새끼들이 욕먹는 거야."

"네?"

"예술을 하는데 돈부터 찾는 새끼가 어디에 있어?"

"예술요?"

"그래. 이게 무슨 작품인지 알아? 한국 역사에 길이 남을 작품이라고, 이 새끼야! 거대한 역사에 이름 세 글자를 남길 수 있는 기회를 줬더니 돈을 달라고? 하, 이런 어이없는 새끼를 봤나? 예술 하는데 돈을 찾으면 안 되지.”

‘아니, 그건 당신 사정이고. 왜 남의 돈으로 당신이 예술을 하는데?’

노형진은 목구멍까지 치고 올라오는 욕을 애써 참았다.

상식적으로 이번 영화를 찍어서 이름을 남기는 건 황상어 본인이지 조연은 아니다.

더군다나 예술 하겠다고 나선 사람은 그 자신이지 이하영과 소태문이 아니다.

황상어에게 투자한 사람들이야 예술에 투자한다고 생각해서 수익을 포기하고 투자하는 것이겠지만, 두 사람은 생활을 해야 하고 기업을 유지해야 하며 미래를 준비해야 한다.

그런데 왜 예술 운운하며 남의 미래를 제멋대로 주무른단 말인가?

‘하여간 열정페이 하는 새끼들이 말은 더럽게 잘하지.’

그렇게 예술이니 열정이니 하는 새끼들이야말로 도리어 자신이 돈을 못 받거나 손해 보는 상황이 오면 참지 못하고 지랄 발광을 해 댄다.

“물론 예술에 이름을 남기는 것도 중요하지요. 하지만 그렇다고 해서 굶어 죽을 수는 없는지라 최소한의 출연료라도 주심이…….”

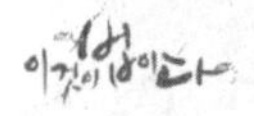

"거참, 자본에 찌들어서는. 그래서 얼마면 되는데? 한 300만 원 주면 되냐?"

"네? 에이, 그럴 수는 없지요. 최소한 5천은 주셔야……."

"뭐? 이 새끼들이 미쳤나? 5천? 지금 너희가 5천이 가당키나 하다고 생각하는 거야?"

'그렇지. 가당치도 않지.'

지금 4개월짜리 CF 하나를 찍어도 4천이다.

그런데 두 달 동안 매달려서 찍는 영화가 5천이라니. 거의 공짜로 일해 주는 셈이다.

"헛소리하지 마, 이 새끼들아."

'그래요?'

노형진은 피식 웃었다.

그가 알기로 홍상어가 이번에 그 영화를 찍는 조건으로 받는 돈이 무려 3억이라고 들었다. 그런데 300만 원이라니.

"그리고, 보다 보니까 이상한 게 있어서요."

"뭐가?"

"이 시나리오 말인데요."

노형진은 시나리오를 들고 흔들었다.

"그게 뭐? 이제는 변호사 주제에 영화에 대해서도 감 놔라 배 놔라 하냐? 야, 이거 홍상어 많이 죽었다."

이죽거리는 홍상어.

사실 시나리오는 감독과 시나리오작가의 영역이다.

배우나 소속사가 감 놔라 배 놔라 하는 경우가 없는 건 아니지만, 노형진은 그걸 좋게 생각하지 않는 편이었다.

하지만 그럼에도 불구하고 이번 작품은 그걸 지적하고 넘어가야 했다.

"보니까 이하영 씨가 남편을 유혹하는 사람으로 나오던데요."

"그래서?"

영화의 시나리오는 지극히 자극적이었다.

제목부터가 '욕망의 기업'이다.

아무것도 모르던 남자가 회사 여직원과의 불륜을 통해 욕망에 눈떠 호스트로 전락하고, 남자의 아내 역시 처음에는 남편의 승진을 위해 남편의 상관들에게 몸으로 로비하다가 나중에는 남편과 아이를 버리고 상관의 첩으로 아예 들어가는, 좋게 말하면 인간의 욕망을 충실하게 그렸고 나쁘게 말하면 아주 개막장극을 그린 영화.

그리고 이하영은 그곳에서 남편을 유혹하는 여직원으로 캐스팅된 상태였다.

"그런데 여기 시나리오가 가다가 갑자기 뭉그러지던데."

"뭐가?"

"아니, 같이 섬으로 가는 부분에서요."

"그래서 뭐?"

갑자기 움찔하는 황상어.

"같이 섬에 갔다 오고 나서 남자가 갑자기 욕망에 충실해지고 여자들에게 추파를 던진다고 되어 있는데, 영 스토리가 엉성하지 싶은데요?"

"그런 건 현장에서 느낌으로 촬영하는 거야, 현장에서."

노형진의 입가에 비웃음이 떠올랐다.

'이 새끼 봐라?'

안 봐도 뻔하다.

보통 이런 장면에서는 소위 말하는 격정적 정사 신이 들어가기 마련이다.

어떤 남자가 얌전하게 손 잡고 잔 다음에 욕망에 눈을 뜨겠는가?

문제는 여배우가 그걸 알면 계약을 거절하거나 계약한다고 해도, 그 출연료가 어마어마하게 뛰는 것이 보통이다.

'그러고 보니 이 인간, 전적이 있다고 했지.'

조연 배우를 데려가서 계약서에 없는 베드신을 찍도록 강요한 적이 있다는 것.

그 당시 그걸 막던 매니저는 스태프들에게 구타당하고 강제로 끌려 나갔다.

도움을 요청하려 했지만 그 당시 촬영장이 섬이었기 때문에 도움을 요청했어도 도움을 받을 수 있는 상황이 아니었다.

결국 조연 배우는 폭력과 겁박에 굴해서 베드신을 찍어야 했다. 그리고 그걸 끝으로 정신적 충격을 이기지 못하고 은퇴했다고 했다.

'그 짓거리를 또 하려고 했다 이거지.'

엄밀하게 말하면 그건 준강간이다.

하지만 황상어는 그걸 예술이라는 이름으로 포장했다.

그리고 피해자의 입장에서도 고발할 수가 없는 게, 영화 출연을 해서 실감나게 연기한 것과 진짜로 강간당한 것은 주변에서 바라보는 시선이 다르기 때문이다.

결국 그 사건도 지라시 내부에서 쉬쉬거리면서 돌 뿐, 고발은 되지 않았던 것이다.

"이거 아무리 봐도……."

"내가 뭐, 섬에서 엉뚱한 짓이라도 한다는 거야, 뭐야?"

"설마 그럴 리야 있겠습니까마는 아무래도 확실하게 계약하고 넘어가야 해서요."

"뭘?"

"스토리상에 없는 어떠한 행동도 강제하거나 강요하지 않는다. 만일 그런 경우 영화 촬영은 그 즉시 포기하고 그로 인한 손해배상을 한다."

노형진이 말한 것은 사실 어려운 일이 아니었다.

처음부터 안 하기로 한 거, 그냥 안 하면 그만이다.

그러나 황상어의 행동은 달랐다.

"더러워서 안 써!"

"네."

"썅! 내가 더러워서 안 쓴다고! 여배우가 그년만 있는 줄 알아? 굴러다니는 게 그년 같은 애들이야! 어디서 갑질이야, 갑질이! 조연으로 영화 하나 떴다고 하더니 간땡이가 부은 거야, 뭐야?"

자리에서 일어나서 버럭 소리를 지르는 황상어.

"꺼저! 너희랑 안 찍을 테니까."

그리고 뒤도 돌아보지 않고 나가는 황상어.

노형진은 그런 그를 보고 씁쓸하게 중얼거렸다.

"역시 딴마음이 있었네."

뒤도 돌아보지 않고 나가는 황성어의 모습에 노형진은 한숨을 쉬었다.

"형진아."

그가 나가고 나서 들어온 것은 손채림이었다.

그녀는 당혹스러운 표정으로 노형진을 바라보았다.

"이야기만 한다면서? 그런데 왜 저러는 거야?"

"내가 어렵지 않은 이야기를 했거든."

"뭘? 뭐, 시나리오라도 바꿔 달라고 했어? 아니면 주연이라도 시켜 달라고 한 거야?"

"그럴 리가 있나. 출연료를 달라고 했지. 그리고 시나리오상 없는 장면을 강요하지 말라고 했고."

지극히 합당한 요구다.

그런데 그걸 거부하고 저렇게 화를 내면서 나갔다는 것은, 따로 목적이 있었다는 뜻이다.

"애초에 저 남자의 목표는 이하영의 몸이었어."

"그걸 어떻게 알아?"

"나갔잖아. 내가 모욕한 것도, 무리한 요구를 한 것도 아닌데."

"그게 왜 목적이 몸이라는 증거야?"

"그 남자가 나가면서 그랬거든, 이하영 같은 배우는 넘친다고. 그런데 영화를 만들 때 감독들은 이미지에 맞는 배우를 고르기 위해 삼고초려를 해. 심하면 일정에 맞추기 위해 영화를 뒤로 미루기도 하지. 그런데 언제든 대체할 수 있다는 식으로 말했다는 건 무슨 뜻이겠어?"

"아……."

그럴 만한 가치가 없다는 뜻이다.

그런데 무리한 요구를 한 것도 아닌데 나가 버렸다.

즉, 영화 자체의 완성도와는 상관없는 다른 목적이 있었다는 뜻이다.

"와, 완전 개새끼네."

손채림은 고개를 돌려 그가 나간 방향을 보며 눈을 찌푸렸다.

"그러면 이제 어쩌지? 보아하니 출연을 막기는 한 것 같은데."

"뭐, 이건 어려운 게 아니야. 중요한 건 보복을 어떻게 막느냐는 것이겠지. 사건은 지금부터니까."

한심스럽다는 표정으로 노형진은 황상어가 나간 방향만 물끄러미 바라볼 뿐이었다.

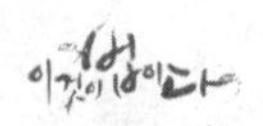

고오급 쓰레기

“아이고, 변호사님.”

소태문은 바로 다음 날 노형진을 찾아왔다.

그리고 울고불고 하소연을 하기 시작했다.

“결국 사달이 났습니다.”

“황상어인가요?”

“네. 사방에 전화해서 우리 하영이 쓰지 말라고, 아주 개년이라고 욕하고 있답니다.”

“흠…….”

생각했던 대로다.

‘제대로 본을 보여 주고 싶겠지.’

이런 인간들은 절대로 그대로 넘어가지 않는다.

왜냐하면 그냥 넘어가면 나중에 만만하게 보일까 봐 두려워하기 때문이다.

"어떻게 합니까! 당장 오늘 저녁에 있던 스케줄도, 안 나와도 된답니다."

"오늘 저녁요?"

"네! 오늘 〈구름 아래 달〉이라는 작품 캐스팅이 있었던 날인데……."

"아……."

노형진도 그 작품을 기억한다.

500만 정도 들어 평타는 친 영화다.

손익분기점이 400만이라고 하니 대박은 아니지만 적자는 안 본 영화다.

'그러고 보니 이하영이 거기에 출연했구나.'

희미해진 기억에 정확하게 떠오르지는 않는다. 주연은 아니었지만 조연이었던 것은 기억이 난다.

'그 애한테는 중요한 커리어일 텐데.'

한번 이렇게 틀어지고 나면 줄줄이 틀어지는 것은 당연한 일이다.

'이번에는 뭐, 잠깐 힘을 써 줄까?'

자신의 오판 때문에 발생한 일이다.

이렇게 대놓고 적대감을 드러낼 거라 예상하지 못했고, 또 이렇게 빨리 움직일 거라고도 예상하지 못했다.

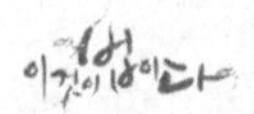

그러니 여기서 발을 빼 버리면 이하영의 커리어가 틀어진다.
"그 부분은 제가 알아서 하지요."
"네?"
"제가 전화해서 이야기해 보겠습니다."
"그런다고 출연이 됩니까?"
"안 될 수도 있지요. 하지만 그냥 당할 수는 없지 않습니까? 다행히 그쪽 투자사에 제가 아는 분이 계시니 공평하게 기회를 달라고 해 보겠습니다."
"네?"
소태문의 얼굴이 환해졌다. 당장 죽다 살아난 얼굴이다.
"감사합니다! 감사합니다!"
"감사할 건 없구요. 제가 변호사로서 당연히 해 드려야 하는 일입니다. 당연히 받아야 할 자리라면 가야지요."
노형진이 그녀가 그 영화에 출연하는 걸 몰랐다면 모를까, 이미 출연했던 걸 아는데 황상어의 압력 때문에 그녀가 기회를 잃어버리는 것은 자존심의 문제였다.
"그리고 황상어 그 작자도 조만간 해결해 드릴 테니 걱정하지 마세요."
벌벌 떠는 소태문을 보내고 노형진은 짜증이 확 올라왔다.
'그렇게 나오겠다 이거지.'
공격한 것도 아니고 살짝 의견을 떠봤을 뿐이다.
그런데 이렇게 공격이 들어온다면 그도 머뭇거릴 이유가

없다.

“채림아, 너 지금부터 출연했던 영화배우들을 찾아. 특히 영화 찍고 나서 은퇴한 사람들 있지? 그 사람들 꼭 찾아.”

“얼, 진짜 전쟁 모드? 방법이 없다면서?”

“좋게 하려고 하니까 방법이 없는 거지, 나쁘게 하려고 하면 내가 방법이 없겠냐? 저쪽에서 먼저 도발했는데 우리가 가만히 당하고 있으면 병신이지.”

“오케이, 그렇게 하지. 다른 거 부탁할 건?”

“출연한 스태프들도 찾아. 모조리 다 찾아내. 알았지?”

“알았어.”

“이 새끼가 보자 보자 하니까 사람을 만만하게 보네.”

분명히 그날 웃으면서 말했다. 적대적으로 하지 않았다.

그런데도 먼저 도발해 온다면 자신이 도망갈 이유는 없다.

“일단은 전화부터 해야겠네.”

“전화?”

“제작사 말이야. 다행히 거기에 투자가 좀 되어 있거든.”

다행히도 〈구름 아래 달〉은 상업 영화다.

애초에 소태문이 상업 영화 출연이 막히는 걸 두려워하는 거지, 예술영화 출연이 막히는 걸 두려워하는 게 아니다.

그리고 노형진에게는 충분히 상업 영화에 힘쓸 수 있는 파워가 있다.

–여보세요.

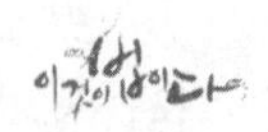

"안녕하십니까. 마이스터 투자금융의 한국 고문 변호사인 노형진이라고 합니다."

–아, 안녕하세요.

상대방은 마이스터라고 하자 당장 얼어붙었다.

그럴 수밖에 없는 게, 마이스터는 해외에 있는 투자회사이기는 하지만 한국에 지점을 두고 많은 투자를 하고 있기 때문이다.

그리고 이번 영화 역시 투자를 받고 있으니까.

"다름이 아니라, 이번에 마이스터 투자금융에서 투자 철회를 한다고 해서요. 그와 관련해서 통지해 드리려고 연락드렸습니다."

–네?

당황한 상대방은 일순 침묵을 지켰다. 순간 이해가 가지 않았을 것이다.

하지만 그 반응은 잠깐이었다.

–잠시만요. 이건 제가 담당할 수 있는 사안이 아니라서…….

"뭐, 통지니까 담당은 필요 없는데요. 조만간 정식으로 공문이 갈 겁니다."

–5분, 아니 3분만 기다려 주세요!

상대방은 다급하게 소리를 지르다시피 말하고는 전화를 내려놓은 듯했다.

그리고 전화기 너머로 '우당탕!' 하는 소리가 들리는 걸 보니 다급하게 어디론가 뛰어가는 모양이었다.

'그래, 당혹스럽겠지.'

노형진은 느긋하게 기대어 기다렸다.

진짜 투자를 철회할 생각은 없다.

물론 여차하면 할 수도 있겠지만, 상대방이 그렇게까지 버틸 거라고 생각되지는 않았다.

—여보세요! 여보세요!

채 3분도 지나지 않아 다급한 남자의 목소리가 들려왔다.

그의 목소리는 심하게 떨리고 있었다.

"안녕하십니까? 마이스터 투자금융입니다."

—네, 이야기 들었습니다. 그런데 투자를 철회하시겠다니, 무슨 말씀이십니까?

"말 그대로입니다. 저희가 묵과할 수 없는 정보가 들어와서요. 저희가 부담하기에는 위험부담이 너무 큽니다."

—네? 그게 무슨 말씀입니까? 묵과할 수 없는 정보라니요?

"그건 말씀 못 드립니다. 명예훼손의 가능성이 있을 수 있어서요."

—변호사님!

제작사 대표는 다급했다.

그럴 수밖에 없는 게, 마이스터 투자금융은 한 번도 망한 영화에 투자한 적이 없는 곳이다.

이름만으로 그 파괴력이 어마어마하다.

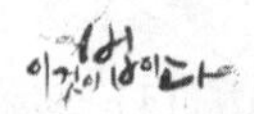

그런 곳이 투자했다는 것은 최소한 평타 이상은 친다는 뜻이기 때문에 그걸 보고 모인 투자자들이 적지 않았다.

'하지만 내가 빠져나가면 그 사람들도 빠져나가겠지.'

당연히 영화 제작은 뒤집히는 것이다.

지금 들어간 돈은 그대로 날리는 셈이고.

–도대체 무슨 일입니까! 묵과할 수 없는 위험이 뭔지, 제발 말씀해 주십시오!

상대방은 다급했다.

사실 이런 경우가 종종 있다.

영화 잘 만들었는데 배우가 성범죄나 마약에 연루되어 망하는 경우도 있고, 반대로 감독이 영화 다 찍은 다음에 국민들보고 벌레라고 부르는 바람에 망하는 경우도 있다.

하여간 뭐 하나 건드리면 좆 되는 것이 바로 이 바닥이다.

그런데 마이스터가 묵과할 수 없다고 말할 정도면 이건 영화 자체가 망한다고 봐야 한다.

"죄송합니다. 말씀드릴 수 없습니다. 일단 투자 철회 공문은 정식으로 보내 드리겠습니다."

–변호사님!

노형진은 대꾸도 하지 않고 끊어 버렸다.

"잔인하다."

손채림은 그런 노형진을 보면서 혀를 내둘렀다.

"폭탄만 던지고 끊어 버리네?"

"그래야 더 심장이 쫄깃하지 않겠어?"

"그렇기는 하지."

"그나저나 너 오늘 저녁에 약속 있어?"

"어? 없는데? 왜? 데이트 신청이야?"

"아니. 저쪽에서 비싼 거 사 줄 것 같은데, 얻어먹고 가라고."

노형진은 씩 웃으며 말했다.

노형진의 말대로 제작사에서는 다급하게 노형진을 찾아왔다.

그러나 노형진이 만날 수 없다고 하자 아예 회사 입구에서 버티며 노형진과 손채림이 나올 때까지 기다리기까지 했다.

그럴 수밖에 없는 게, 수십억이 날아갈 판국이었기 때문이다.

"변호사님, 식사라도 하심이……."

"이러시면 곤란합니다."

"저희가 좋은 의미에서 드리는 것이니……."

"아니, 이런다고 투자가 재개되는 것도 아니고요."

"무슨 상황인지 알려만 주시면……. 자, 자, 좋은 데로 예약해 놨습니다. 같이 가시지요."

"저, 저녁 약속이 있어서요."

슬쩍 손채림을 바라보면서 말하는 노형진.

"아이고, 몰랐습니다. 괜찮다면 같이 가시죠."

제작사 상무라는 남자는 함께 온 여직원에게 슬쩍 눈치를 줬다.

그러자 그 여직원은 손채림에게 바짝 붙어서 전담 마크하기 시작했다.

"이러면 곤란한데."

"그냥 식사만 하는 겁니다. 식사만."

"크흠……."

노형진은 못 이기는 척 움직였고, 손채림은 속으로 실실 웃으면서 그런 그를 따라 식당으로 향했다.

그들이 도착한 곳은 한 끼에 무려 30만 원이 넘는 최고급 한정식집이었다.

"우와, 이런 곳이 있어?"

"한국에 있는 유일한 미슐랭입니다. 자, 자! 들어가시지요."

"이거 참, 미안해서."

"아닙니다. 저희가 원해서 사 드리는 건데요."

안으로 들어간 이후에 상무는 깊이 파고들지는 않았다.

하지만 계속 술을 권하면서 애써 분위기를 띄우려고 노력하기는 했다.

"이런다고 투자를 바꿀 수는……."

"투자하지 않으시더라도 이유만이라도……."

"아까도 말씀드렸다시피 이건 명예훼손에 관련된 문제라서요."

"투자 정보이지 명예훼손은 아니라고 생각합니다."

"그거야 그런데 이거 미안해서……."

사실 이 식당은 철저하게 예약제다.

그래서 처음에 올 때 노형진과 다른 두 명까지 세 명을 예약했는데, 손채림이 끼는 바람에 어쩔 수 없이 여직원은 들어오지 못하고 나가야 했다.

"미안하시면 한 번만 살려 준다고 생각하고 말씀해 주시면 안 됩니까? 이 영화에 여러 목숨이 걸렸습니다."

"그건 좀 곤란한데……."

노형진이 자꾸 발을 빼자 손채림은 속으로 웃으면서 슬쩍 수저를 얹었다.

노형진이 저러는 이유를 알 것 같았기 때문이다.

여기서 자신이 먹고 그냥 나가 버리면 '먹튀' 하는 꼴이니까 나서서 좀 도와주라고 거드는 척하라는 뜻이리라.

"그러지 말고 이야기 좀 해 줘."

"하지만……."

"명예훼손도 우리한테서 나간 게 알려지지만 않으면 문제가 안 되잖아?"

"그래도 회사 일이라는 게……."

"에이, 여기까지 오셨는데 바깥에서 저녁도 못 먹고 기다리는 분을 직장까지 잃게 만들려고?"

"끄응……."

손채림이 치고 들어오자 노형진은 마치 못 이기는 척 고개를 끄덕거렸다.

"그러면 이거 절대로 비밀로 하셔야 합니다."

"비밀요?"

"네. 그리고 이게 해결되면 투자 철회 건은 없던 일이 될지도 모르고요."

"그렇습니까?"

다급하게 노형진에게 몸을 숙이는 상무.

노형진은 그에게 대고 작은 목소리로 말했다.

"사실은……〈구름 아래 달〉 감독이 강간범이랑 내통한다는 정보가 있습니다."

"네? 그게 무슨 말입니까?"

"법적으로 말해도 알아들으실 테니 간단하게 말해 드리겠습니다. 압력에 의한 강간 사건이 진행되고 있는데, 그 〈구름 아래 달〉 감독이 그 사람과 짜고 피해자에게 압력을 행사하고 있다고 합니다. 쉽게 말해서 강간의 종범이지요."

"허억!"

상무의 얼굴이 사색이 되다 못해서 똥색으로 변했다.

'이런 미친 새끼가!'

〈구름 아래 달〉은 사극 로맨스 영화다. 당연히 그 주요 관객은 여성이 될 것이다.

그런데 감독이 강간의 종범?

이건 영화가 중박은커녕 영화관에 걸리기만 해도 기적이다.

"그 말이 사실입니까?"

"뭐, 확실하게 알 수는 없지요. 이 바닥이 다 그렇듯이 워낙 소문이 많으니까요."

"으으으……."

"하지만 이 소문이 가지는 파괴력은 아시리라 생각합니다."

"알지요……. 아주 잘 알지요."

상무는 당장이라도 뛰쳐나가고 싶은 얼굴이었다.

이건 가만둘 수 있는 사건이 아니다.

아무리 소문일 뿐이라고 하지만, 그 소문이 인터넷에 도는 순간 영화는 '폭망' 한다.

"어디까지 간 소문입니까?"

"제법……요."

"제법요?"

"네."

상무의 손은 와들와들 떨리기 시작했다.

당장 가서 감독을 갈아 치우지 않으면 난리가 난다.

"한 가지 더 말씀드리자면……."

"네?"

"연관된 소문이 하나 있습니다."

"어떤 거요?"

"종범이라면 주범도 있는 법이지요. 그 주범의 범죄행위를, 영화계에서 알 만한 사람은 다 안다고 하더군요."

"으음……."

상무는 말을 하지 못했다.

사실 짚이는 부분이 너무 많다.

스타가 되고자 하는 사람은 많고, 감독은 절대적 힘을 가지고 있으니까.

"다만…… 이게 문제가 되어서 배우들이 단체로 보이콧을 한다는 이야기가 있습니다."

"보이콧요?"

"네."

"그 말이 사실입니까?"

"네. 아마 그 사건이 벌어지면 소문이 안 날 수가 없을 겁니다."

"컥!"

배우들이 보이콧을 하게 되면 어떤 감독인지 드러날 테고, 그렇게 되면 종범인 이쪽 감독도 드러날 것이다.

그리고 영화는 폭망할 테고.

"저기…… 죄송한데……."

상무의 엉덩이가 들썩거렸다. 당장이라도 튀어 나갈 자세였다.

하긴, 이런 일이 터졌으니 당장이라도 비상을 걸고 싶겠지.

"알겠습니다. 가 보세요. 그리고 저한테 들었다는 말씀은 절대로 하시면 안 됩니다."

"알겠습니다."

그 비싼 밥을 채 반도 먹지 못한 상무는 번개같이 튀어 나갔다.

노형진은 그가 나가자 그의 앞에 있던 음식을 잽싸게 가지고 왔다.

"아주 살살 녹네. 역시 비싼 밥이야."

"부자가 뭐 하는 짓이야?"

"여기는 돈이 문제가 아니라 예약이 문제야. 예약을 몇 달 전에 잡아야 하는걸."

"오늘은 어떻게 잡은 거야?"

"뭐, 배우나 아는 사람을 통해 다급하게 예약을 넘겨받았겠지. 와, 고기 살살 녹는 거 봐라."

히죽거리면서 웃는 노형진.

"그나저나 그 감독은 퇴출되는 건가?"

"그렇지는 않을 거야. 출연 금지 인정하면 강간의 종범이라는 걸 인정하는 셈인데 그거 인정하겠어? 인정하면 뭐, 망하는 거고."

"그 인간 인생 참 더럽네. 안 불쌍해?"

"불쌍하기는 개뿔. 자기 인생이 소중하면 남의 인생도 소중하게 생각해야지. 그리고 이런 건 원래 끼리끼리 모이는 법이야.”

압력을 받아서 출연을 금지시킬 정도의 친분을 가지고 있다면 결국 같은 타입의 인간일 가능성이 높다.

“만일 그런 게 아니라면, 그 사람은 그걸 증명하기 위해서라도 이하영을 출연시켜야 하고.”

“아, 그러네!”

간단한 작전이지만 이로써 그 감독은 이하영을 출연시킬 수밖에 없게 된 것이다.

“그런데 아까 그 말은 뭐야?”

“어떤 거?”

“배우들이 보이콧한다는 거.”

“아, 그거?”

분명히 노형진이 그랬다. 그 사건이 외부에 터지면서 배우들이 보이콧을 할 거라고.

“이 사건은 외부에 나간 적도 없고 배우들이 보이콧을 할 이유도 없잖아.”

“없지.”

“그런데 왜 보이콧을 해?”

“이유가 없으면 만들어야지, 후후후.”

노형진은 마지막 남은 고기를 입에 넣으면서 웃었다.

“와, 고기 살살 녹는다, 진짜.”

⚖

얼마 후 손채림은 홍상어 감독의 영화에 출연했던 모든 배우들을 찾아내는 데 성공했다.

영화라는 것이 얼굴과 신분이 남는 것인 만큼 찾는 것은 어려운 일이 아니었던 것이다.

"이 사람들이야."

"남자도 있네."

"성적인 학대를 받은 건 아니지만 이미지는 개떡이 된 것 같더라고."

"하긴."

거기에다 연기력까지 극단적으로 변해 버리는 바람에 다른 영화에 출연하기 쉽지 않았을 것이다.

"뭐, 남자는 필요 없는데."

"뭐? 남녀 차별 아니야?"

"남녀 차별이 아니라, 필요에 의한 거니까."

"미리 말해 주든가."

"쏘리."

"그나저나 이 사람들을 모아서 뭐 어쩌려고? 성추행 같은 걸로 고발하려고? 하지만 효과 없다면서?"

사건에 들어가면서 알아본 결과, 실제로 고발을 넣은 여자 배우가 두 명이 있었다.

하지만 어쩐 일인지 두 명이나 고발했음에도 불구하고 '혐의 없음'으로 나와 버렸다.

"아무래도 이 사람들이 고발한 시점은 증거가 나올 수 있는 때가 아니니까."

"증거가 나올 시점이 아니라니? 뭐, 증거가 시간 봐 가면서 나와?"

"증거는 아니지만 증언은 그렇지."

"증언?"

노형진은 그들이 출연한 영화와 그 당시의 스태프를 나란히 두고 비교하기 시작했다.

"대부분의 사람들은 그 당시에 고발해. 성범죄라는 게 강간 이후에 바로 고발하지 않으면 증거가 애매해지거든. 그래서 보통은 증언에 힘이 실리는데, 너도 알다시피 이 당시에 촬영한 사람들은 현직에 있는 사람들이야. 고발할 수 있겠어?"

"아하!"

증언해 줘야 하는 것은 그곳에 있었던 사람들이어야 한다.

그런데 스태프들은 그곳에서 일하는 사람이고 또 앞으로도 계속 일해야 하는 사람들이다.

배우도 전화 한 통에 모가지를 날릴 수 있는 게 황상어인데 스태프 모가지를 날리는 거야 일도 아닐 테고, 그러니 그들은 입을 다물어야 했을 것이다.

"그러니 필연적으로 증거 불충분이 나올 수밖에 없지."

"그거야 이해가 가는데, 지금은 뭐가 달라졌는데?"

"내가 아는 바로는 영화계는 열정 페이가 무척 심하거든."

"그거야 유명한 말이잖아. 모르는 사람이 없을걸."

"그러니까 생각해 봐. 열정 페이를 받으면서 일하다가 떠난 사람이 없을까?"

"아하!"

노형진이 스태프 이름까지 알아보라고 한 건 그런 이유에서였다.

일단 떠나는 순간 이 세계는 관련이 없는 과거의 이야기가 되는 것이다.

"그들이 지금이라도 증언해 준다면 이야기는 달라지지."

그때는 먹고살아야 하니 증언을 하지 못했을 테지만 이제는 상관없으니 고발하는 데 거리낌이 없다.

물론 현직에 있는 사람도 없는 건 아니겠지만, 영화판은 들어오는 사람도 나가는 사람도 많다.

"이 배우들과 비교해서 함께 촬영했던 스태프들에게 연락해 봐. 그들이 증언만 해 준다면 사건을 한 번에 뒤집을 수 있을 거야."

"오오! 역시 꼼수의 달인!"

어차피 돌아올 세계가 아니라면 그들을 이용해 먹는 것도 나쁜 것은 아니다.

"그리고 피해자들을 모으면 다른 건도 고발해야 해."

"뭐?"
"강간 및 추행에 대한 방조범."
"방조범이라니?"
"황상어가 이 짓거리 하는 거 사람들은 다 알아. 모르지는 않았지. 과연 주연배우들이 몰랐을까?"
"아…… 그럴 가능성은 낮지."
스태프도 알고 주변 사람들도 다 안다. 심지어 현장에 나가지 않는 평론가들도 안다.
그런데 주연배우들이 모를 리 없다.
"그들은 상관없는 거지, 후배들이 무슨 꼴을 당하든."
자신은 이미 주연급이니 예술영화 하나 찍어서 대형 영화제에서 이름만 알릴 수 있다면 좋았을 것이다. 그러니 모른 척했을 것이다.
"그걸 보통 강간의 방조범이라고 하지."
"그러면 주연배우들을 고발하려고?"
"그들이 어떻게 하느냐에 따라서 달라지겠지, 후후후."

채시연은 눈앞에 있는 변호사의 말에 침을 꿀꺽 삼켰다.
그리고 옆에 있는 매니저는 거의 죽을 것 같은 얼굴이 되었다.

"그게 무슨 말입니까! 우리 시연이가 강간과 추행의 방조범이라니요!"

"증언이 있었습니다. 황상어에게 추행당하고 성접대, 아니 위계에 의한 강간을 당하는 걸 알면서도 모른 척했다면서요?"

"누가 그래요! 누가!"

"증언한 스태프가 스물여덟 명, 그리고 여배우가 다섯 명, 채시연 씨의 전 매니저가 두 명. 더 말씀드릴까요?"

노형진은 그녀를 보면서 차갑게 말했다.

그렇게 빼도 박도 못하는 상황이 되어 버리자 채시연의 매니저는 입을 꾸욱 다물었다.

'그래, 너도 모를 리 없지.'

다른 사람도 아니고 매니저가 이 바닥의 더러운 추문을 모를 리 없다.

알면서도 모른 척할 수밖에 없었을 것이다.

'그건 내 알 바 아니고.'

노형진은 매니저를 바라보다가 시선을 채시연에게로 돌렸다.

"지금 당신이 무슨 말을 하든 강간의 방조범인 것은 확실합니다. 심지어 회식 끝나고 조연 여배우가 호텔에서 강제로 끌려 들어가는 걸 봤고 두 명이나 도와 달라고 했는데 거절하셨다면서요?"

"그건…… 저도 어쩔 수 없는 을의 입장인지라……."

"을의 입장이신데 그 사람의 영화에는 벌써 네 번이나 출연하셨네요? 그중 두 번은 해외 영화제도 가셨고. 을의 입장 치고는 상당히 많이 누리신 것 같은데."

노형진은 서류를 덮으면서 차갑게 말했다.

"이제 그거 토해 낼 때도 되지 않았나요?"

"……."

"저희는 통지했고, 기자회견을 할 겁니다. 뭐라고 부정하든, 한번 해 보시죠."

노형진은 비웃는 얼굴을 하면서 자리에서 일어나려고 했다.

그러자 매니저는 다급하게 그런 노형진을 잡았다.

"잠시만요. 한 번만 기회를 주시면……!"

"무슨 기회요? 다른 사람들에게 그렇게 상처를 주고 챙겨 먹을 거 챙겨 먹었으면서 무슨 기회를 달라는 겁니까? 왜, 저한테 몸 로비라도 하시려고요? 직접 하실 건 아닐 것 같고, 소속사에 있는 애라도 불러오실 겁니까?"

채시연은 입술을 깨물었다.

엄청난 모욕이라는 걸 안다. 속에서는 열불이 나고 있다.

하지만 노형진의 말대로 부정할 수는 없다.

이게 새어 나가면 자신의 커리어는 끝이다.

세상에 어떤 제작자가 강간 방조범을, 그것도 후배가 강간당하도록 방치한 여배우를 주연으로 쓰겠는가?

"물론 황상어 감독이야 손해 볼 게 없겠지요. 그는 예술영화를 하는 사람이니까."

노형진은 씩 웃었다.

그랬다. 황상어 감독은 남이 안 보는 예술영화를 하는 사람이다.

하지만 거기에 출연하는 사람은 아니다.

"과연 관객들이 같은 여자 배우가 강간당하고 있는데 그걸 모른 척한 여배우에 대해 뭐라고 생각할지 참 궁금하네요."

"허억!"

얼굴이 사색이 되는 매니저.

'멀쩡할 리 없지.'

같은 배우가 강간당하는데 자기 일 아니라고 모른 척하고 방조한 여배우.

그 배우를 사람들이 용서할 리 없다.

당연히 그녀의 인생은 나락으로 떨어질 것이다.

누구도 그가 출연한 영화를 보지 않을 테니 누구도 그를 불러 주지 않을 것이다.

그리고 그게 미래의 일이라고 해도, 더 큰 문제는 그것만이 아니었다.

"지금 촬영하고 있는 영화가 한 80퍼센트쯤 완성되었지요? 그리고 광고가 여섯 개던가요?"

"……."

"그쪽에서 과연 뭐라고 할가요?"

영화는 그의 분량을 모조리 들어내고 재촬영해야 할 것이다. 광고는 당연히 끊어질 테고, 이미지가 망가졌으니 그에 따른 손해배상을 해야 할 것이다.

평생을 이룩한 재산이 그렇게 한순간 날아갈 것이다.

"그리고 당신."

노형진은 매니저를 바라보았다.

"황 감독 작품에 출연한 배우가 당신네 소속사에 세 명이나 있던데, 세 명 다 톱스타급이지요? 소위 말하는 간판스타."

매니저는 손이 덜덜 떨렸다.

"기업이 잘 버틸 수 있기를 바랍니다."

그 세 명을 동시에 고발한다는 뜻이다.

소속사가 아무리 빵빵해도 그 세 명이 출연하다가 뒤집힌 영화나 드라마의 재촬영 비용이나 CF 손해배상을 하고 나면 망하지 않을 수가 없으리라.

"협박입니까!"

"협박이라니요. 협박은 뭔가를 얻기 위해 당신에게 해를 끼치겠다고 위협하는 거고, 지금 내가 말하고 있는 것은 고지입니다. 다음 주 기자회견 전에 나름 대책을 세우라는 나름의 배려지요. 저희는 당신들한테 원하는 게 없어요."

노형진은 씩 웃으면서 자리에서 일어났다.

"고지가 끝났으니 저는 이만 가 보겠습니다."

그렇게 말하면서 몸을 돌리려는 순간, 누군가 그런 노형진의 옷을 잡았다.

노형진이 고개를 돌려 보니 채시연이었다.

그녀는 톱스타답지 않게 다급한 모습으로 노형진의 옷을 움켜잡고 있었다.

"놔주시죠. 이거 비싼 옷입니다. 이태리 장인이 한 땀 한 땀 만든 옷이에요."

하지만 그녀는 놔주는 대신에 매니저를 바라보며 말했다.

"어서 회사에 전화해요."

"네?"

"어서요! 어서 회사에 전화하라고요!"

"아…… 네, 네……."

매니저는 다급하게 바깥으로 나갔다.

원래 그녀를 낯선 남자와 단둘이 같은 공간에 두면 안 되는 거지만, 지금 벌어지는 사건이 워낙 중요한 사건이라 어쩔 수가 없었다.

진짜로 회사가 망할지도 모르는 판국이니까.

"회사 일은 알아서 하실 텐데요."

둘만 남자 노형진은 거칠게 그녀의 손을 뿌리쳤다.

"뭘 원해요?"

"원하는 거 없습니다. 아까 말씀드렸다시피 제가 뭘 원하면 그건 협박이라서요."

"제가 몸으로라도 로비하기를 원하는 거예요?"

노형진은 피식 웃었다.

"지금 이거 강간에 관련된 사건이라는 거 잊으신 겁니까?"

채시연은 입술을 강하게 깨물었다. 진짜로 원하는 게 없어 보였기 때문이다.

물론 실제로 노형진이 원하는 게 없지는 않았다.

다만 절박하지 않을 뿐.

그걸 얻지 못해도 할 수 있는 방법은 많으니까.

"나중에 법원에서 뵙죠."

노형진이 나가려고 하자 그녀는 자리에서 일어났다.

그리고 후다닥 노형진 앞으로 가서 무릎을 꿇었다.

"제발…… 한 번만 용서해 주세요. 제발……."

이런 추문을 가지고 살아남을 만큼 이 세계가 만만한 세계가 아니다.

연기력? 로비?

아무리 좋다고 해도 관객에게 찍히면 끝이다.

"원하시는 게 뭐든, 다 해 드릴게요, 제발."

"원하는 걸 다 해 준다고 하셔도 원하는 게 없으니까 문제지요. 그냥 법의 처벌을 받으세요. 그리고 그렇게 고발될 사람이 한두 명도 아닙니다. 한 명 걸리면 당신도 걸릴 수밖에 없어요."

노형진은 그렇게 말하면서 그녀를 버려두고 나왔다.

그녀는 다급하게 뛰어나오려고 했지만 방 바깥으로 나가자 수많은 사람들이 있기 때문에 차마 잡을 수가 없었다.

당장 가게 문 바깥으로만 나가도 기자들이 자신을 지키고 있을 게 뻔하니 잡을 수는 없었다.

"자…… 그러면 누구를 찾아가나. 다음은…… 차우서라……. 캬, 연기 잘하는 배우인데 완전 개새끼네, 이게."

노형진은 히죽거리며 시간표를 확인하면서 바깥으로 나갔다.

띠리링, 띠리링.

끊임없이 울리는 벨 소리에 노형진은 핸드폰을 뒤집어서 소리가 나지 않게 했다.

"지겨운 새끼들."

"지겨운 게 아니라, 네가 그런 핵폭탄을 던져 놨으니 그렇지. 관련 배우가 열세 명이야. 지금 톱클래스라고 불리는 배우들은 다 포함되어 있고. 이거 터지면 피바람이 불 거라고."

손채림은 고개를 절레절레 흔들었다.

황상어 감독은 거장이라 불리는 사람이다. 그리고 한국에서 내로라하는 배우들이 다 함께 일하고 싶어 하는 감독이기도 하다.

"결국 자초한 거야."

"그렇기는 하지만."

사실 수십 년간 톱클래스 배우가 열세 명밖에 출연하지 않았다는 것도 이상하다. 즉, 그중에 황상어가 선호하는 배우가 있다는 뜻이다.

"당연한 거 아냐? 이 더러운 추문을 알고 누가 출연하고 싶어 하겠어?"

그런데도 출연한 사람들이 있다.

그들은 추문을 알면서도 출연한 것이다. 자기들이 유명해지고 싶다는 욕심 때문에 말이다.

"그거 알고 출연하지 않은 사람들은 뭐 병신이야? 그 사람들은 해외 영화제 레드 카펫 안 밟아 보고 싶었대?"

노형진은 툴툴거리면서 전화기를 확인하고는 눈을 찌푸렸다.

부재 중 전화 148통. 그것도 오전 중에만.

"그럴 거면 차라리 일찌감치 폭탄을 터트리지?"

"나도 그러고 싶은데, 우리 목표는 황상어지 이들이 아니니까."

노형진은 한숨을 쉬었다.

"그리고 저 사람들이 을이라는 것도 틀린 말아 아니고."

"그러면 어쩌자는 거야? 이제 나흘 남았다."

나흘 후면 정식으로 피해자들이 기자회견을 할 것이다. 그리고 배우들을 방조범으로 고발하게 될 것이다.

증거도, 증언도 이미 확보된 상황.

"알아. 그냥 똥줄 타는 게 보기 좋아서. 자기 똥줄 한번 타봐야 똑같은 짓거리를 안 하지. 아마 지금쯤 등골이 서늘해서 화장실도 못 갈걸.”

“그래서 우리는 여기서 나가지도 못하고?”

퇴근하면 만나려고 입구에서 아예 죽치고 있는 각 소속사 사람들.

그들 때문에 노형진과 손채림은 퇴근도 못 하고 있었다.

“그런데 의외로 황상어는 조용하네?”

“저들도 바보는 아니야. 이게 황상어와의 싸움인 걸 알고 있는데 황상어한테 쪼르르 달려가서 까발리면 저쪽에 붙는다는 뜻이거든. 설사 황상어한테 까발린다고 해도 황상어가 어쩔 건데? 그가 영화계에서는 힘이 있을지 몰라도 법조계에서는 아니야.”

결국 이쪽에 붙을 수밖에 없는 게 그들의 운명이다.

“슬슬 이제 기회를 주지? 황상어 그 녀석이 거들먹거리고 다니는 것도 보기 짜증 나는데.”

“거들먹거려?”

“그래. 다른 소속사들 다니면서 조연을 찾고 있대.”

“자기 버릇은 개 못 준다더니.”

이하영의 출연의 무산되자 바로 다른 성 노예를 찾아다니고 있다는 것이다.

그러니 다른 소속사에서는 전전긍긍하는 모양이고.

“흠, 그럼 이제 나서 볼까?”

“그래. 피해자들도 기다리고 있으니까.”

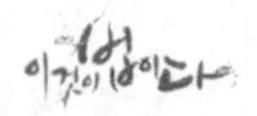

"그러면 네가 나가서 자리 한번 만들어 봐."

"내가?"

"그래. 원래 이런 일은 누가 총대를 메는 거야."

노형진이 나서면 이쪽이 다급한 느낌이 들 수밖에 없다. 그러니 협상에서 우위를 차지할 수가 없다.

물론 여차하면 뒤집으면 그만이지만, 노형진이 원하는 건 그게 아니다.

"네가 가서 적당히 용돈 좀 요구하면서 대신에 자리를 만들어 준다고 해."

"헐? 왜?"

"공짜로 만나 주는 건 공짜일 뿐이야. 그들에게 적당한 가치가 있다고 생각하게 해야 우리가 위에서 협상을 이끌 수 있어. 그렇다고 내가 뭔가를 요구하면 협박의 가능성이 높으니까."

"음……."

"우리가 갑이라는 거 잊지 말고."

"적당한 용돈이라……."

손채림은 피식 웃었다.

⚖

'적당이 아니라 아예 홀라당 벗겨 먹었네.'

손채림은 그들에게 접근해서 소속사당 5천만 원씩 협상비를 요구했다.

그걸 주면 노형진과 만나게 해 주겠다는 일종의 로비스트 노릇을 한 것이다.

물론 그들은 울며 겨자 먹기로 그걸 낼 수밖에 없었다.

그렇게 해서 받은 돈이 무려 4억이다. 그 돈은 피해자들의 구제를 위해 사용될 것이다.

어찌 되었건 그렇게 힘들게 만들어진 만남의 기회여서 그런지, 소속사들은 노형진에게 다급하게 매달려 왔다.

"제발 한 번만 용서해 주십시오."

"저는 권한이 없습니다. 용서는 제가 아닌 피해자가 해야지요."

"그러면 피해자들에게 용서를 구할 수 있게 해 주세요."

"그랬다가 당신들이 조폭이라도 보낼지 어떻게 압니까?"

소속사와 배우들은 똥줄이 타다 못해서 식음을 전폐하고 시름시름 앓고 있었다.

굴곡이 없지는 않았겠지만 지금 상황은 굴곡 정도가 아니라 절벽의 끝자락이나 마찬가지.

누가 살짝 밀면 그대로 천 길 아래로 떨어지는 순간이다.

"원하시는 건 뭐든 하겠습니다. 제발 기회를 주세요."

"뭐든요?"

"네. 뭐든요."

결국 그들이 백기 투항을 하고 나오자 노형진은 그제야 속으로 미소를 지었다.

"그러면 돈도 줄 수 있습니까?"

"당연하지요!"

톱 배우가 되면 매년 수십억을 벌어들인다. 그걸 통째로 주고 그 자리를 지키는 것이 훨씬 남는 장사다.

"그러면 기회는 줄 수 있습니까?"

"네?"

어리둥절한 표정이 되는 사람들.

"몇몇 분들은 연예계에 환멸을 느껴서 이제 돌아갈 생각이 없습니다. 하지만 여전히 다시 돌아가기를 원하는 분들도 있지요. 그분들을 소속으로 받아서 케어해 줄 수 있습니까?"

"그건……."

각 소속사 대표들은 얼굴이 어두워졌다.

그건 황상어에 대해 정면으로 반기를 들라는 뜻이기 때문이다.

그에 대한 부담감은 어마어마했다.

상대방은 황상어다.

한국이 낳은 거장이며, 정부에서도 적극적으로 밀어주는 사람이다.

"뭐, 거절하시면 저희는 사실을 공개하는 수밖에 없구요."

"크흠……."

"아, 그리고, 여기서 한 분이라도 배신하면 다들 좆 되는 거 아시지요?"

"그게 무슨……."

"여기 계신 분들 중 한 명이라도 저희가 고발하는 데 동참하시면 그분은 황상어를 고발하는 고발자의 입장이기 때문에 살아남을 겁니다. 하지만 다른 분들은 강간의 방조범이 되겠지요. 그리고 그분의 증언으로 확실하게 못이 박힐 테고요. 과연 이 안에 배신자가 없으라는 법이 있을까요?"

대표들은 서로를 바라보았다.

온갖 배신이 판치는 이 바닥에서 남을 믿을 수는 없다.

결국 배신자가 생기지 않게 하는 방법은 오직 하나, 자신들이 황상어를 배신하는 것뿐이다.

"크윽……."

다들 자신들이 함정에 빠졌다는 것을 느꼈지만 이미 빠져나갈 수 있는 방법이 없었다.

"여러분들이 살아남는 방법은 하나뿐이지요. 황상어와 그 일파가 모조리 망하는 것."

"꿀꺽."

그 라인이 망한다면 자신들이 살아남을 수 있다.

"어떻게 하시겠습니까?"

노형진은 선택을 강요하고 있었다.

하지만 사실 그들에게 선택 사항은 없었다.

거장의 몰락

"뭐?"

황상어는 자신에게 날아온 소식에 어이가 없어서 되물었다.

"지금 뭐라고 했어?"

—저희가 아무래도 출연이 힘들 것 같아서요. 스케줄이 도무지 나질 않아서…….

"이것들이 미쳤나? 나 황상어야, 황상어! 시간이 없으면 만들어서라도 출연해야지!"

채시연은 그의 영화에 단골로 출연하는 배우다. 그래서 당연히 출연해 줄 거라 생각했다.

그런데 이렇게 거절당할 줄이야.

—죄송합니다, 선생님.

상대방은 그저 미안하다는 말만 하고는 전화를 딱 끊어 버렸다.

“이것들이 미쳤나?”

벌써 네 번째다.

자신이 준비 중이던 ‘욕망의 기업’에 출연 예정이거나 출연하기로 했던 배우들이 모조리 출연을 고사했다.

이제는 조연을 구하는 게 아니라 주연부터 구해야 하는 판국이 되었다.

“이 새끼들이…… 지금 장난하나?”

그는 이를 박박 갈면서 전화기를 뚫어지게 바라보았다.

“오냐, 너희들이 그렇게 나온다 이거지. 내가 누군지 모르는 모양인데…….”

그는 전화기를 들어서 어디론가 전화했다.

“어, 김 감독? 나야, 황상어. 채시연 그년이 자네 영화에 출연하고 싶어 한다면서?”

아무리 톱스타라고 해도 출연을 막아 버리면 그만이다.

그는 그렇게 생각했다.

그런데 상대방의 반응이 묘했다.

—선배님, 이런 전화는 좀…….

“뭐? 뭔 개소리야?”

—저기, 아무래도 분위기가 안 좋아서요.

“분위기가 안 좋다니, 그게 뭔 개소리야?”

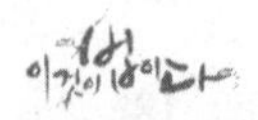

-저기, 제가 지금 좀 바빠서……. 죄송합니다.

상대방은 전화를 끊었다.

뜬금없는 상황에 황상어는 실로 어이가 없었다.

"이것들이 단체로 짰나?"

갑자기 자신을 피하고 전화도 제대로 받지 않는다는 사실에 그는 등골이 오싹해졌다.

그는 거장으로 인정받고 난 후로 단 한 번도 이런 대접을 받은 적이 없었다. 언제나 최고였고, 누구보다 우선순위가 높은 사람이었다.

"도대체 무슨 일이 벌어지는 거야?"

그는 불안감을 느끼고는 혹시나 하는 생각으로 인터넷을 켰다.

자신이 모르는 사이에 뭔가가 벌어지고 있다는 생각에, 뭐든 찾아볼 생각이었던 것이다.

그러나 그다음 순간 그는 분노로 눈이 돌아 버렸다.

"박 감독 이 개새끼!"

인터넷을 켜자 뜨는 소식, 그중 하나가 이하영이 '〈구름 아래 달〉'에 조연으로 출연을 확정 지었다는 것이었다.

"박 감독 이 개새끼가 내 말을 무시해?"

분명히 전화해서 그년을 출연시키지 말라고 했다.

그런데 조연으로 출연?

그는 자신과 관련된 뉴스를 찾는 중이었다는 것도 잊고 박 감독에게 전화를 걸었다.

띠리링, 띠리링.

하지만 전화는 아무리 기다려도 연결되지 않았다.

한 번도 아니고, 열 번 넘게 걸어도 받지 않았다.

물론 영화 촬영 중에는 받지 못하는 경우가 종종 있다.

하지만 그런 경우 대부분 옆에 있는 AD에게 핸드폰을 맡겨 둔다. 중요한 용건일 경우 넘겨 달라는 뜻에서 말이다.

그런데 받지 않는다는 것은 자신을 피한다는 뜻이다.

"이 개새끼!"

황상어는 눈이 돌아서 키를 붙잡고 바깥으로 튀어 나갔다.

⚖

"이 개새끼야! 내 말이 우스워? 어!"

다른 작품의 촬영장에서 만난 박 감독의 멱살을 잡아 올리는 황상어.

박 감독은 그런 그의 행동에 얼굴이 하얗게 질렸다.

"선배님…… 그게…… 제가 사정이……."

"사정? 사정? 이 새끼야! 널 키운 게 나야! 그런데 내 말을 어겨? 너 매장되고 싶어?"

자신 아래에서 배운 녀석이 배신했다는 생각에 그는 언성을 높였다.

"박 감독님, 이거 계약 위반입니다. 아시죠?"

"허억! 아닙니다. 아니에요! 이 인간이 다짜고짜 쳐들어온 겁니다."

그 순간 등 뒤에서 들리는 목소리.

졸지에 '이 인간'으로 격하된 황상어는 눈을 찌푸리면서 고개를 돌렸다.

"넌 뭐야?"

"제작사에서 보낸 사람입니다."

"뭐?"

"제작사에서 왔습니다."

제작사에서 보냈다는 말에 황상어는 움찔했다.

아무리 자신이라고 해도 제작사를 상대로 갑질을 할 수는 없다.

배우에게 감독이 갑이라면 감독에게는 제작사가 갑이다.

"저기…… 선배, 캐스팅 권한은 제게 없어서……."

"뭐?"

황상어는 약간 어이가 없다는 표정이 되었다.

대부분의 경우 캐스팅은 감독의 권한이다. 물론 제작사가 참견하기는 하지만 지금처럼 아예 가지고 가지는 않는다.

거기에다, 계약 위반이라니?

"도대체 계약 조건이 뭔데?"

"그게……."

"당신과 연을 끊는 거죠."

"뭐?"

"죄송합니다."

슬쩍 시선을 돌리고 도망치는 박 감독.

일이 틀어졌다고 생각한 황상어는 그를 따라가려고 했다.

하지만 제작사에서 왔다는 사람이 그의 앞을 가로막았다.

"너 이 새끼, 무슨 짓이야?"

"무슨 짓은 당신이 하는 거고."

"뭐?"

하지만 그는 더 이상 대답하지 않았다.

"우리 쪽이랑 연락하지 마세요. 안 그러면 그 책임을 물을 테니까."

황상어는 입을 쩍 벌릴 수밖에 없었다.

"아마 지금쯤 뭐가 벌어지고 있는지 알았겠지."

노형진은 씩 웃으면서 말했다.

"아마 영화는 뒤집히겠지."

"하지만 배우가 아예 없는 건 아니잖아. 어찌 되었건 그가 거장인 것은 거짓이 아니니까."

"그렇겠지."

매년 세계 유수의 영화제에서 상을 가지고 오는 인간이니 사정이야 어떻든 데뷔하려고 하는 사람은 많을 것이다.

특히나 조연급들이 주연급으로 써 준다고 하면 그와 함께 영화를 찍는 사람이 없지는 않을 것이다.

"그래서 오늘 기자회견을 하는 거잖아."

"하긴, 이건 타격이 크겠네."

피해를 입은 배우들의 기자회견.

그게 이번 일의 파급력을 어마어마하게 키울 것이다.

"그런데 여기에 톱 배우들을 꼭 끼워 넣어야 했어?"

노형진이 톱 배우들에게 요구한 것은 단순히 돈과 조연들의 컴백이 아니다.

기자회견에서 그들과 함께 고발에 동참할 것.

그러지 않는다면 용서는 없다고 못을 박았다.

"황상어는 힘을 가진 사람이야. 무명 출신, 그것도 이미 은퇴한 사람들이 하는 이야기가 얼마나 파급력을 가질 것 같아?"

"그런가?"

"영화판에 비리가 얼마나 심한지 사람들이 모르지는 않잖아. 그런데 그게 고쳐져?"

"하긴."

다들 알지만 결코 고쳐지지 않는다.

첫 번째가 자신의 일이 아니기 때문이고, 두 번째가 관심을 가질 만한 일이 아니기 때문이다.

"하지만 톱 배우들이 대거 끼어들면 이야기가 달라지지."

기자들이 그걸 안 쓸 수는 없다.

톱 배우들, 그것도 함께 출연했던 배우들이 고발에 동참함으로써 모든 국민들의 관심을 이끌어 내는 것이다.

"물론 방조범으로 처벌받게 하지는 못하겠지만. 그건 피해자들이 동의했으니까."

피해자들에게는 일괄적으로 5억씩 배상하고, 만일 컴백을 원하면 소속사에서 받아 주며, 컴백을 거절한다면 따로 2억을 더 주기로 합의가 이루어졌다.

안 그래도 오로지 꿈만을 위해 모든 것을 포기했던 사람들에게는 최소한의 배상이 되어 주리라.

"아마 내일이면 파다하게 소문이 돌겠지."

바글바글한 기자들을 보면서 노형진은 말했다.

"아마도 당분간은 배우를 구하는 게 쉽지 않을 거야."

"당분간은?"

"그래, 당분간."

"이 꼴이 났는데도 그냥 넘어간다고?"

"예술가의 변덕이라고 받아들이는 사람들이 많거든. 웃긴 말이지."

예술가의 변덕.

속설 중 하나다.

예술가가 남과 다르다고 생각해서, 그가 범죄를 저지르는 것을 정당화하는 것.

물론 그게 틀린 것은 아니다.

노형진이 아는 예술가들은 확실히 남과 뭔가 다르다.

"하지만 남과 다르다는 것과 범죄를 저지르는 것은 전혀 다른 문제야."

남과 달라서 행동이 독특할지는 모르지만 그게 범죄에 해당하지는 않는다.

그러나 황상어처럼 성추행과 횡령 및 임금 체불 그리고 강간을 하는 건, 예술가의 변덕이 아니라 그냥 범죄다.

"사람들은 그런 걸 예술가의 변덕이라고 생각하지만 그건 그냥 쓰레기일 뿐이야. 다른 예술가들 중에는 안 그런 사람들이 더 많아. 가령 내가 아는 예술가는 치마만 입고 다녀."

"그게 이상해?"

"남자거든."

"헐."

"그게 다 이유가 있어. 바지는 갑갑하대. 자신의 몸을 조이는 느낌이라나? 그래서 자유롭고 싶어서 치마, 그것도 풍성한 치마만 입어."

그런 건 예술가의 독특한 기질이다. 하지만 범죄는 아니다.

"딱 그거야. 오냐오냐하니까 바늘 도둑이 소도둑이 된 거야."

"그래도 당분간이라며?"

"그렇겠지."

적당하 3년이나 4년쯤 자숙하고 나타나서 다시 영화를 찍겠다고 깝칠 것이다.

그리고 그게 어디서 상이라도 하나 받으면 그의 범죄행위는 다시 시작될 테고.

“이제 그걸 박멸해야지.”

노형진은 그렇게 말하면서 고개를 돌렸다.

오늘 기자회견을 하기 위해 피해자들과 배우들이 나와 있었다.

“자, 여러분, 그러면 시작해 볼까요?”

⚖

황상어를 고발하고 난 후 세상은 발칵 뒤집혔다.

다른 사람도 아니고 톱클래스 배우들이 후배에 대한 성추행 및 강간을 직접적으로 문제 삼고 나서자 기자들이 무시할 수가 없었던 것이다.

당연히 황상어는 게거품을 물면서 어떻게 해서든 사건을 무마하려고 노력했다.

“아니, 서 기자! 이러기야! 우리가 하루 이틀 본 것도 아닌데 그 정도 커버도 못 해 줘?”

–황 감독님, 그것도 이만저만한 일이어야지요. 이런 걸 어떻게 커버합니까?

"내가 안 했다니까 그러네."

–증인이 너무 많아요. 심지어 주연배우들까지 참가해서 고발했는데 어떻게 부정합니까?

"아, 진짜야! 그 연놈들이 짠 거야! 내 말을 믿어 줘! 한 번만 위에 말 좀 해 줘!"

–저도 그러고 싶은데, 그런다고 해서 뭐가 바뀌어야 말이지요. 그리고 다른 곳에서 다 까는데 우리만 안 깔 수는 없잖아요?

"서 기자 진짜 그렇게 안 봤는데……."

–저도 어떻게든 실드를 쳐 보려고 했어요. 그런데 편집장이 받자마자 날려 버렸어요. 저도 방법이 없어요. 죄송합니다.

"이런 씨발!"

황상어는 거칠게 전화기를 내려놓았다.

여기저기 사방에 전화해 봤는데 죄다 방법이 없다, 나는 모른다 하는 식으로 발뺌하고 있었다.

"그렇게 물고 빨고 할 때는 언제고."

한 번만 인터뷰해 달라고 그렇게 난리를 칠 때는 언제고 이제 와서 모른 척하는 그들의 행동에 황상어는 분노할 수밖에 없었다.

하지만 그렇다고 방법이 없는 것도 아니었다.

이미 언론에 터진 이상 조용해질 때까지 입 다물고 있으면 되니까.

"그래, 어차피 예술도 모르는 개돼지들이 짖는 거다. 시간이 지나면 잊힐 문제야."

사실 이런 문제가 터져 나온 게 처음은 아니다.

물론 지금처럼 크게 터진 건 아니었지만, 어찌 되었건 시간이 지나면 다 잊어 버린다.

"내가 상 하나만 더 타 오면 되는 일이야."

승자에게 자비롭고 패자에게 잔인한 것이 한국이다.

그러니 상 하나만 타 오고 국격이 어쩌고 입에 담아 주면 언론은 전처럼 자신을 물고 빨아 줄 게 뻔했다.

아니, 그게 아니더라도 자신을 도와줄 사람은 많았다.

"두고 보자, 개새끼들."

시간이 지나면 잊히게 될 거라 생각해서 그는 이를 악물었다.

⚖

"시간이 약이기는 하지. 단, 남의 일이라면."

노형진은 신문을 내려놓으며 조용히 말했다.

"시간이 지나면 다 흐려진다 이거야?"

"어찌 되었건 황상어는 어마어마한 재능을 가진 사람이야. 재능이 있는 사람들에게는 자연스럽게 후원이 따르기 마련이거든."

"음……."

"아마도 시간이 지나면 잊힐 거라고 생각하겠지. 뭐, 국가적으로 상 하나만 받아 오면 언론에서는 또 그를 지원해 줄 테니까."

"지랄 같네."

"우리나라 '국뽕'의 문제야."

사람이 아무리 나쁜 놈이라고 해도 소위 말하는 국격을 올려 줬다고 하면 그의 모든 죄를 용서하려고 하는 성향.

"그도 그걸 알고 있어. 그러니 어떻게 해서든 다시 기회를 잡으려고 하겠지."

사실 반성하고 제대로 하려고 한다면 기회를 주는 게 맞다.

하지만 황상어는 아니다.

그는 여전히 철저하게 피해자들을 무시하고 있고, 반성의 말도 하지 않는다.

그저 조작된 사건이라면서 자신의 명예를 주장하고 있다.

심지어 배우들을 명예훼손 및 허위 사실 유포 그리고 무고로 역고소를 했다.

"결국 끝장내려면 그가 재기할 수 없게 만들어야지."

"이걸로 되는 거야?"

노형진은 창 바깥을 바라보면서 말했다.

자신들을 찾아온 몇 대의 차량들. 거기에는 기자들이 타고 있었다.

"될걸. 결국 황상어는 남의 돈으로 예술을 하는 인간이거든."

"그거야 알겠는데, 그게 무슨 의미가 있어?"

"있을 수밖에 없지. 반대로 말하면 돈이 없으면 예술도 못 하니까."

노형진은 커다란 건물을 바라보면서 말했다.

"너 이런 식으로 예술가를 지원해 주는 사람들의 특징이 뭔지 알아?"

"글쎄."

"나쁜 사람은 아니라는 거야."

"응?"

"그렇잖아? 돈이 되지 않는 걸 알면서 한 나라의 문화 발전을 위해 투자하는 사람들이야. 사실 투자하면 돈이 나올 곳은 많아. 그런데 망할 걸 알면서도 한 나라의 문화를 발전시키기 위해 투자하는 사람들이 나쁜 사람이기는 힘들지."

노형진의 말에 손채림은 고개를 끄덕거렸다.

"그래서 그 사람들은 전면에 나서는 것도 별로 좋아하지 않아. 칭찬받으려고 투자하는 게 아니니까."

"그런데 기자들이 왜 온 거야? 전면에 나서기 싫어한다면서?"

그런 미담을 국민들에게 알려 줄 이유도 없는데 기자들까지 대동하고 나온 노형진이 이해가 가지 않는 손채림.

"네가 좋은 일을 많이 했는데 그로 인해 얼토당토않은 오해를 받는다면 어떤 기분이겠어?"

"아주 더럽겠지."

"그리고 그 이유가 자신이 도와줬던 다른 인간 때문이라면?"
"아주아주 더럽겠지."
"그걸 노리는 거야."
"……?"
손채림은 이해하지 못하겠다는 듯 고개를 갸웃했다.
"두고 봐, 후후후."
노형진은 자세한 건 말해 주지 않았다. 그냥 기다릴 뿐이었다.
그렇게 얼마나 지났을까, 한 사람이 건물 바깥으로 나왔다.
그리고 그 사람을 알아본 사람들이 그에게로 몰려들었다.
"뭐…… 뭐야."
"남궁찬 씨 맞나요?"
"남궁찬 씨가 황상어 감독에게 계속 투자하신 거 맞지요?"
"이번 사태에 대해 할 말이 없으신가요?"
"크흠……."
남궁찬은 불편한 얼굴이 되었다.
안 그래도 자신이 후원하던 황상어 감독이 대형 사고를 치는 바람에 머리가 아파 죽을 판국이었다.
"이번에 '욕망의 기업'도 투자하셨다고 하던데요."
"그로 인해 피해는 많이 보지 않으셨나요?"
"전 할 말이 없습니다."
몰려드는 기자들을 헤치면서 퇴근하려고 하는 남궁찬.

사실 황상어 감독의 재능을 좋게 보고 투자한 것뿐, 황상어 감독 개인에 대해 잘 알고 투자한 것은 아니기 때문에 더 이상 뭐라고 이야기할 만한 것도 없었다.

"한 말씀만 해 주시지요."

"전 할 말이 없다니까요."

그는 짜증스럽게 말하면서 그곳을 벗어나려고 했다.

그때였다.

"소문으로는 황 감독에게 성 접대를 받고 그 대가로 투자했다는 이야기가 있던데, 사실입니까?"

"뭐라고?"

남궁찬의 얼굴이 사정없이 꾸겨졌다.

그는 그 말을 한 기자를 노려보았다.

그 순간 그 살벌한 분위기 때문에 침묵이 흘렀다.

그러나 그 눈빛을 받은 남자는 눈 하나 깜짝하지 않았다.

"그렇지 않습니까? 조사해 보니까 황상어 감독에게 무려 일곱 번이나 투자하셨던데. 그것도 무려 한 번에 2억이 넘는 돈을 말입니다."

"그렇습니다만?"

"세상천지에 아무런 이득도 없이 돈을 2억씩 주는 사람이 어디에 있습니까?"

"뭐요?"

"안 그렇습니까? 황상어 감독은 예술 감독이고, 상은 받았을지 모르지만 대부분 망했잖아요?"

손익분기점을 제대로 넘는 영화가 없으니 당연히 배당금도 전혀 없다.

쉽게 말해서 '투자=손해'라는 것이다.

"그런데 벌써 일곱 번이나 투자하셨던데요?"

"내가 투자한 게 뭐 문제가 있습니까?"

"문제야 없죠. 하지만 그렇지 않습니까? 이득도 없는데 왜 황상어 감독에게 계속 투자합니까? 더군다나 특이한 게, 그렇게 투자한 영화에서 조연을 맡았던 배우들이 황상어 감독을 강간 및 성추행으로 고발했는데요. 이면이 있는 거 아닙니까?"

남궁찬은 입이 턱 막혔다.

"그걸 지금 말이라고 하는 겁니까!"

"합리적 의심 아닌가요?"

기자들의 눈빛이 묘하게 변했다.

지금 앞에 나선 기자의 말이 맞다.

손해 볼 걸 알면서도 투자하는 사람은 없다. 차라리 기부를 한다면 모를까.

하지만 그는 투자를 한 거지, 기부를 한 게 아니다.

"난 한국의 문화가 좋은 쪽으로 발전하기를 원해서 투자한 겁니다! 문화 산업이야말로 한 세대에서 제일 중요한 발전 대상이라고 생각해서 말이지요!"

“그런데 왜 하필이면 황상어 감독입니까? 그 말고도 도움을 필요로 하는 감독들이 얼마나 많은데.”

남궁찬은 또다시 입이 턱 막혔다.

왜냐니? 당연히 그가 유명해서였다.

하지만 지금 상황에서 그게 먹힐 만한 변명이 아니라는 것쯤은 그도 알 수 있었다.

“진짜로 소문대로 성 접대를 받고 지원한 건가요?”

“안 했다니까요!”

“안 했다는 증거가 있습니까?”

“아니, 안 했다는 증거가 어디에 있습니까?”

“경찰에서 전방위적인 조사를 한다고 하던데, 그러면 할 말이 있으신가요?”

남궁찬은 땀을 뻘뻘 흘렸다.

그리고 멀리 떨어진 곳에서 노형진은 그런 남궁찬을 보면서 미소를 지었다.

⚖

“이럴 수가…….”

황상어는 부들부들 떨리는 손으로 신문을 보고 있었다.

황상어 감독에 대한 지원, 성 접대 의혹

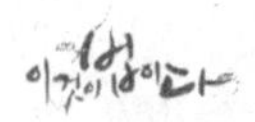

황상어 감독을 지원한 사람들은 특정되어 있어

진정한 예술 지원인가, 은밀한 커넥션인가

자신에게 투자해 줬던 투자자들에 대한 기사가 신문을 가득 메우고 있었다.

그리고 그와 관련된 취재까지 있었다.

취재에 따르면 황상어 감독은 투자자들과 룸살롱에서 몇 번 회동했다고 하며, 그중 일부는 여성을 동행한 경우도 있다고 알려져.

이에 경찰은 해당 투자자들에 대한 조사를 하겠다며…….

누가 봐도 성적인 접대가 있었다고 볼 수밖에 없는 상황들이었다.

문제는 실제로 그런 경우가 있었다는 것이다.

물론 모든 사람들이 그런 것은 아니다. 일부 그런 목적으로 접근한 녀석들에게만 그렇게 한 것이다.

하지만 확실한 것은, 수사가 시작되면 그들이 드러날 것이라는 것이다.

그렇게 되면 외부에서는 자신이 검은 커넥션으로 여배우를 팔아먹어서 지원받았다고 볼 수밖에 없다.

"이건 아니야……. 이건 오해야……."

누구도 듣지 않는 걸 알면서도 그는 오해라고 계속 중얼거렸다.

뉴스를 본 아내가 아이를 데리고 집을 나가 버려서 텅 비어 버린 집 안에서, 그는 끊임없이 오해라고 중얼거렸다.

띠리링, 띠리링.

그때 전화벨이 울리자 그는 전화기를 잽싸게 들었다.

–황 감독, 나 최 사장일세.

"최 사장님, 이건 오해입니다."

황상어는 이게 무슨 전화인지 어렵지 않게 알 수 있었다.

이미 몇 번이나 왔으니까.

하지만 그가 아무리 변명해도 이미 뒤집을 수 있는 상황이 아니었다.

–오해고 자시고, 난 말하기 싫네. 내가 왜 자네한테 투자했는데. 그런데 졸지에 성범죄자 취급이야. 경찰에서 나오라고 하더군. 이거 어떻게 할 건가?

"가서 수사를 받으면 사실이 드러날 겁니다."

–자네가 피해자들을 강간한 것처럼 말인가?

"그건……."

황상어는 숨이 턱 막혔다.

부정할 수가 없었다. 자신이 조연들을 성 노예 취급한 것은 이미 사방에 알려져 있었다.

–자네한테 투자한 거 모조리 찾아올 테니 그리 알게. 이번 투자도 취소할 거고.

"사…… 사장님."

단순히 취소하는 게 아니다. 투자한 것에 대해 소송해서 되찾아가겠다는 말이다.

물론 투자라고 하지만 애초에 돈을 바라고 한 것도 아니라서 이득은 꿈도 꾸지 않았다.

그러나 자신이 도와주려고 준 돈 때문에 도리어 자신이 강간범 취급받는데 그가 기분이 좋을 리 없었다.

"오해입니다. 한 번만 봐주시면……."

그러나 전화기 너머에서 들려오는 소리는 그저 '뚜' 하는 기나긴 소리뿐이었다.

황상어는 다리가 휘청거렸다.

"이…… 이럴 수가……."

사실 이들이 돈을 원한 건 아니다.

그럼에도 불구하고 기부가 아닌 투자라고 못을 박은 것은, 기부 형태로 하면 그걸 받은 사람들이 마음대로 그 돈을 집어삼키는 경우가 많기 때문이다.

그래서 투자라는 형태를 잡은 것이다. 그러면 그 돈을 집어삼키지는 못하니까.

문제는 지금처럼 투자받은 이의 범죄 사실이 드러나면 전부는 아니더라도 상당한 금액을 반환해야 한다는 것이다.

그런데 그가 찍은 영화가 한두 개도 아니고, 아무리 아낀다고 해도 한 영화당 30억 이상의 돈이 들어간다.

그러니 결과적으로 그 일부라고 해도 황상어는 재기가 불가능할 정도로 망하게 된다.

전 재산이 모조리 털릴 수밖에 없게 되는 것이다.

빠드득.

황상어의 입에서 이가 부서지는 소리가 흘러나왔다.

"그래. 그렇게 나오겠다 이거지. 너희들 아니면 내가 돈 나올 구멍이 없는 줄 알아?"

그는 전화기를 들었다. 그리고 어디론가 다급하게 전화를 하기 시작했다.

⚖

서둘러서 움직이는 황상어를 따라가면서 손채림은 작게 중얼거렸다.

"악착같이 버티려고 하네."

"그렇게 쉽게 무너질 인간이라고는 처음부터 생각하지도 않았어."

재능이 있으니 그 재능만 바라보고 투자하려고 하는 곳은 많다.

"그래도 네가 말한 대로 정부를 찾아갈 줄은 몰랐다. 어떻게 안 거야?"

"상식적인 거지, 저런 상황에서는."

실력은 입증되었다. 그런데 욕먹는 상황에서 돈을 구하려면, 어디로 가야 할까?

개인 투자자?

그들은 이미 손을 털었다. 그렇다면 남은 것은?

"정부지. 자기 돈이 아니니까."

정부 공무원들의 입장에서 예산은 자기 돈이 아니다.

정부에서 요구하는 것은 오로지 실적뿐이다.

사회적으로 지탄받는 것도 부담스럽기는 하지만, 그것보다는 그 예산으로 뭐라도 하나 실적이 따라오면 그걸 무마하고도 남는다.

"물론 개인 투자자들만큼 여유롭지는 않겠지. 하지만 출연료를 깎는다고 생각하면 불가능할 정도는 아니야."

이미 톱스타급 출연진은 출연을 고사한 상태.

그러니 출연하게 되는 사람은 욕먹는다고 해도 일단 뜨고 싶은 조연급일 것이다.

그런 사람들은 충분히 싸게 부려 먹을 수 있을 테니까.

"도착하나 본데?"

그가 도착한 곳은 서울 시내에 있는 고급 호텔이었다.

그곳에 들어간 그는 주변을 두리번거리면서 누군가를 찾기 시작했다.

손채림과 노형진은 그를 따라서 슬쩍 안으로 들어갔다.

다행히 황상어는 기다리고 있던 사람을 만나서 이야기하

느라고 두 사람에게 신경을 쓰지 않고 있었다.

그들의 뒤에 앉기는 했지만 거리가 있어서 그런지 그들이 뭐라고 하는지는 전혀 들리지 않았다.

"뭘 드릴까요?"

직원이 와서 주문을 받아 가고 나자 노형진은 고개를 돌려서 그들을 흘낏 바라보았다.

혹시나 알아볼까 봐 반대쪽으로 앉아 있었기 때문이다.

"무슨 이야기를 하는 걸까?"

"뻔하지, 뭐. 내가 상 받을 자신이 있다, 이번만 후원해 달라, 그에 따른 대가를 적당히 지불하겠다 블라블라. 물론 그 대가 중에는 어린 여자를 호텔로 끌고 가는 것도 포함되어 있을 테고."

"그렇게 말하는데도 정부에서 지원해 준다고?"

"실적이 중요하니까. 사실 외부에 드러나서 문제가 되는 경우가 아니면 정부에서는 자기들끼리 해 처먹는 경우가 많아. 오죽하면 국가 예산은 먼저 먹는 놈이 임자라는 말이 있겠어? 이런 문화 예술 예산 따내는 거야 황상어 입장에서는 어려운 게 아닐 테지. 자기 이름이 있으니까."

"그런데 그런 건 황상어가 아니라 신진 작가들을 위한 거 아니야?"

"전혀 아니야. 엄밀하게 말하면 그게 맞는 말이기는 한데……."

하지만 공무원들에게 정부는 오로지 실적만을 요구한다.

문제는 이런 예술 쪽은 실적을 내밀기 힘들다는 것이다.

전혀 아무것도 모르는 신인에게 돈을 내줬다가 폭망하게 되면 공무원들이 그 책임을 져야 한다.

그러니 그들은 믿을 만한 사람, 최소한 자기가 변명할 수 있는 사람에게 예산을 내주려고 한다.

"그래서 대부분 정부의 예술 지원 기금은 황상어 같은 놈이 먹지. 이번에는 좀 크게 먹는 것뿐이고."

"음……."

"내가 전에 이야기해 주지 않았나, 특허에 관한 일화?"

어떤 기업이 전혀 새로운 물건을 만들어 냈다.

기존 의약품보다 두 배 이상 효과도 좋고 가격은 절반 이하로 싼 물질이었고, 그걸 출시하면 전 세계에 수출할 수 있는 그런 물건이었다.

"당연히 그 회사에서는 그걸 특허 내려고 했지. 하지만 실패했어."

"어째서?"

"새로운 물질이니까."

지금까지 한 번도 세상에 나온 적이 없는 물건이다. 바로 그게 문제가 된 것이다.

"정부에서, 아니 공무원이 그 사용 내역을 요구한 거야."

"뭐?"

"이렇게 말한 거지. 이건 새로운 물질이고 그 효과를 믿을 수 없으니, 판매 내역이나 사용 내역을 가지고 와라."

"장난해?"

특허라는 것 자체가 새로운 물질이나 새로운 상품의 독점적 권리를 인정하기 위해 만들어진 제도다.

어떤 물건을 특허 낸다는 것은 당연히 그것이 완전히 새로운 물건이라는 뜻이다.

"하지만 그 담당 공무원은 미국이나 유럽에서 사용된 내역이 있어야 특허를 내준다고 우겼다고 하더군. 그 애들이 미쳤어, 특허권도 없는 물건을 사용하게?"

설사 거기에서 먼저 사용해서 판매하고 싶어도, 그걸 아는 순간 그곳에서 그걸 복제해서 특허를 낼 것은 뻔한 일이었다.

그래서 그걸 개발한 기업은 특허를 내기 위해 소송까지 해야 했다.

"특허청에서는 뭐래?"

"새로 온 지 얼마 안 된 공무원이라서 몰랐다는 거야."

"말이 되는 소리야?"

특허를 전담하는 공무원이 기본적인 상식도 없다니.

"결국은 그거야. 복지부동. 자신이 책임지고 싶지는 않으니까 책임을 미루는 거지. 저쪽도 마찬가지고."

웃으면서 이야기하는 걸 보니 아무래도 이야기가 잘되어가는 모양이다.

"저 사람도 확실하지 않은 예술가보다 실적이 나올 황상어에게 투자하는 게 자신에게 유리하다고 생각하겠지."

"그러면 그냥 둬? 아…… 진짜 녹음이라도 할 수 있으면 좋겠는데."

녹음이라도 해서 증거를 내놓는다면 좋겠지만 증거로 내놓을 수는 없다.

녹음도 불가능한 거리고, 그렇다고 접근하면 자신들을 알아볼 테니까.

"녹음은 필요 없어. 사진이나 찍어 놔."

"사진으로는 부족한 거 아니야?"

"아니, 충분해."

노형진은 씩 웃으며 말했다.

"때로는 행동 자체가 무기가 되기도 하는 법이거든, 후후후."

⚖

이병진 과장은 투자 계획서와 시나리오를 들고 즐거운 마음으로 출근하고 있었다.

"이 정도면 충분하겠지."

황상어가 요구한 지원금은 대략 15억.

적은 돈은 아니지만, 황상어의 이름을 생각하면 많은 것도 아니다.

도리어 그걸 투자해서 해외에서 상이라도 하나 받아 오면 그걸 추진한 자신에게 적지 않은 보상이 올 것이다.

설사 실패한다고 해도 황상어의 이름값이 있으니 책임은 묻지 않을 테고.

“얼른 일을 처리해야겠다.”

이병진은 다시 한 번 서류를 확인하면서 청사 안으로 가려고 했다.

그런데 그 앞의 기자들을 보고 순간 흠칫거렸다.

‘뭐지?’

청사 앞에 있는 기자들이 많은 것은 아니지만 기자들이 있다는 것 자체가 결코 좋은 징조는 아니었기 때문이다.

‘이상한데?’

그런데 기자들은 취재에는 별 관심이 없어 보였다.

다른 직원들이 드나드는데도 별 관심 없는 표정으로 시큰둥하게 사람들을 바라볼 뿐이었다.

‘누가 또 사고 쳤나?’

그는 눈을 찌푸리면서 출근하려고 청사로 다가갔다.

누군지 모르지만 단단히 경을 치게 생겼다고 속으로 중얼거리면서 말이다.

하지만 설마 그 경을 치게 되는 사람이 자신일 거라고는 생각도 못 했다.

“저기 온다!”

“저기다! 저기!”

멍하니 있던 기자들은 이병진이 다가가자 갑자기 활기를 띠면서 그에게 몰려왔다.

"뭐…… 뭐야!"

"이병진 과장님?"

"황상어 감독에게 접대를 받았다는 것이 사실입니까?"

"황상어 감독에게 지원을 해 주는 조건으로 상당한 금액을 약속받았다는 소문이 있던데, 사실인가요?"

"성 접대를 요구하셨다는 이야기도 있던데요. 그게 사실입니까?"

"허억? 그게 무슨 소리입니까!"

이병진의 눈이 크게 떠졌다. 이게 무슨 개소리란 말인가?

"접대받는 장면이 찍힌 사진이 돌아다니고 있던데요. 부정하시는 겁니까?"

"접대라니요! 무슨 말씀을 하시는 겁니까?"

"그러면 이 사진에 대해서는 어떻게 설명하시겠습니까?"

사진을 내미는 기자들.

그걸 보고 이병진은 아차 싶었다.

자신이 황상어를 만나는 장면이었다.

"해당 지원금은 인터넷과 우편 접수로만 신청이 가능하다고 들었는데요."

"특혜 아닌가요?"

"아니, 이건……. 만나기는 했지만 특혜는……."

발뺌하려는 찰나, 그의 손에 들려 있던 서류로 사람들의 시선이 쏠렸다.

하필이면 그 서류 맨 위에 이름이 떡하니 인쇄되어 있었다.

"그거 '욕망의 기업' 시나리오 아닌가요?"

"허억, 그게…… 그러니까……. 만난 건 부정하지 않습니다만……."

"그러면 접대받았다는 것은 사실이군요!"

"접대는 모릅니다! 몰라요! 접대받은 적 없습니다!"

"그렇지 않다면 왜 그걸 들고 오는 건가요?"

이병진은 주변을 둘러봤다.

자신들을 바라보는 기자들. 그리고 아까 전 자신과 똑같이 한심하다는 표정으로 자신을 노려보는 동료들.

'이런 염병할…….'

그는 다급하게 안으로 뛰어들어 갔다.

"이병진 과장님!"

"진짜로 접대받은 게 사실인가요!"

"한마디만 해 주세요!"

기자들이 따라 들어가려고 했지만 이병진은 이미 안으로 들어간 뒤였다.

그 뒤에서 경비원들이 그런 기자들을 말렸다.

"들어가지 마세요!"

"여기는 진입 금지입니다!"

"한마디만 해 주세요!"

그러니 이병진은 안으로 뛰어들어 가서 이미 보이지 않는 곳으로 사라진 후였다.

"어쩔 수 없지."

"기다리자."

기자들은 입구에 죽치고 앉아서 이병진이 나오기를 기다리기 시작했다.

그리고 그걸 코너에서 보고 있던 이병진은 부르르 떨었다.

기자들이 얼마나 질긴지 알기 때문이다.

"이런 염병할……. 도대체 무슨 일이 벌어진 거야?"

"그건 나도 묻고 싶네만?"

"허억! 부장님!"

고개를 돌려 보니 부장이 자신을 물끄러미 바라보고 있었다.

"안 그래도 자네한테 전화하려고 했다네. 자네, 지금 무슨 짓을 저지른 겐가?"

"무슨 짓이라니요?"

"인터넷에 자네가 접대받고 지원해 주기로 했다는 말이 파다해. 안 그래도 그것 때문에 아침부터 회의해야 하는데, 기자들 앞에 당당하게 시나리오를 들고 와? 자네, 미쳤나?"

"그…… 그건……."

"당장 따라오게!"

울상이 된 이병진은 고개를 돌려서 바깥에 있던 기자들을 바라보고는 힘없이 부장을 따라서 안으로 들어갈 수밖에 없었다.

⚖

얼마 후 황상어가 후보에서 최종 탈락했다는 이야기가 안에서 흘러나왔다.

그걸 확인한 노형진은 씩 웃었다.

"이렇게 될 줄 알았다, 후후후."

"어이가 없다. 기사는 한 줄도 안 나갔잖아. 그런데 왜 취소된 거야? 거의 확정된 거 아니었어?"

"반쯤은 그랬지. 하지만 복지부동이라는 것을 황상어만 쓰라는 법은 없거든."

"그게 무슨 말이야?"

"말했잖아, 공무원들은 자신들이 책임지는 것에 대해 무척이나 예민하다고."

"그랬지. 그래서 황상어의 이름을 듣고 투자해 주려고 하는 거라면서?"

"그래. 그런데 그로 인해 구설수가 나올 가능성이 높다면, 어떻게 하겠어?"

당연히 그 지원을 철회할 수밖에 없을 것이다.

"그런데 애초에 그 기자들 다 가짜였잖아?"

사실 노형진이 거기에 부른 기자들은 가짜였다.

죄다 정보 팀, 아니면 일당직 아르바이트.

"중요한 건 언론에 나가는 게 아니야. 취재의 대상이 되었다는 것 그 자체지."

어떠한 사유로 인해 기자라는 존재가 냄새를 맡고 달라붙었다.

그것만큼 공무원에게 부담이 되는 경우가 있을까?

"더군다나 황상어의 성 접대 의혹과 성범죄 의혹이 연일 뉴스에 나가는 상황에서 따로 만났다고 하면 사람들은 무슨 생각을 할까?"

그 상황에서 지원까지 할 예정이라고 하면, 아무리 부정한다고 해도 사람들은 접대나 부정 의혹을 제기할 것이다.

그리고 공무원들의 세계는 그러한 위험부담을 감수할 리 없고 말이다.

"이제 황상어는 끈이 끊어진 연 신세야."

누구도 그를 도와주지 않을 테고, 누구도 그를 봐 주지 않을 것이다. 누구도 그의 영화에 출연하지 않을 테고, 거장이라는 이름 또한 누구도 인정하지 않을 것이다.

"내가 이걸로 영화를 만든다면……."

노형진은 씩 웃으며 말했다.

"〈거장의 몰락〉 좋네."

⚖

황상어는 텅 빈 촬영장 창고에 있었다.

모든 것이 끝났다.

투자자들은 반환금 청구를 시작했고, 배우들은 그의 영화 출연을 거북스러워하기 시작했다.

심지어 조연들조차도 그를 무시했다.

그의 인맥이었던 감독들은 너도나도 그를 차단했다. 혹시나 똑같은 인간으로 엮일까 두려워서였다.

그에게 남은 것은 이제는 거장이라는 이름뿐이었다.

"핫핫핫."

그는 이제 범죄자이고 여권도 나오지 않는다.

그 잘난 해외 영화제도, 빛나는 레드 카펫도, 이제는 다시 볼 수 없는 그저 과거의 허상일 뿐.

"내…… 예술이……."

자신이 추구했던 모든 예술이, 모든 역사가 이제는 부정되고 더러운 것 취급을 받고 있었다.

사람들은 과거의 역작을 보면서 대단하다고 하는 게 아니라 저렇게 머릿속이 뒤틀렸으니 저런 괴작이 나오는 거라고 비웃었다.

남은 것은 하나뿐.

"인생도 예술이다."

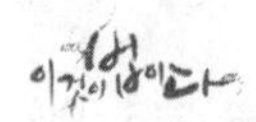

그는 그렇게 말하면서 올가미를 만들었다.

그리고 상자를 가지고 와 그 위에 올라서 그것을 천장에 길게 매달았다.

"그리고 예술의 피날레는 화려한 엔딩에 의해 완성된다."

그러면서 상자 위에 올라선 황상어.

그는 올가미를 목에 걸었다.

"내 인생은 예술로서 완성될 거야……."

그리고 상자를 발로 찼다.

"컥!"

줄이 목을 조이면서 그의 마지막 숨을 앗아 갔다.

"끄르륵."

마지막 숨이 넘어가는 그의 눈에 텅 빈 공간이 보였다.

그리고 그제야 그는 자신의 선택을 후회했다.

'이런 망할.'

그곳에는 예술도 화려한 끝맺음도 없었다.

그저 똥오줌을 흘리는, 썩어 가는 시체 한 구만이 있을 뿐이었다.

의지의 차이

“으아아! 바쁘다, 바빠!”

노형진은 짜증스럽게 말했다.

벌써 여름으로 들어가고 있는데, 휴가가 코앞인데! 일은 줄어들 생각을 안 한다.

아니, 줄어들 수가 없다고 표현하는 게 맞을 것이다.

“본인이 자폭해 놓고 바쁘다고 하면 안 되지.”

“그럼 그걸 그냥 둬?”

“그거야 그렇지만.”

손채림은 서류를 정리하면서 한숨을 쉬었다.

부모를 해외에다가 버린 사건이 워낙 초대형 사건이다 보니 그 뒷수습을 하는 데에도 시간이 제법 오래 걸리고 있었던 것이다.

"벌써 구속자가 1만을 훌쩍 넘었네. 어쩔 수 없지 않나?"

"그건 그런데……. 하아, 도대체가……."

신고가 들어오지 않으니 수사도 없다고 방치하던 정부에서는 아차 한 건지 대대적으로 조사하기 시작했고, 그 결과 적지 않은 사람들이 국내 및 국외에 버려져서 사망한 것이 드러났다.

"치매 환자 전수조사라니, 극단적이긴 한데."

"전수조사라고 하지만 결국은 한계가 있잖아."

모든 노인들을 확인할 수는 없기 때문에 일단 출국 기록을 찾아보고 귀국하지 못한 노인들에 대한 조사를 하고, 그 후에 의료 기록을 받아서 치매 노인으로 등록된 사람들에 대한 조사를 했다.

"그래도 아주 힘든 건 아니잖아?"

"하긴, 우리나라가 의료보험이 잘되어 있다는 게 하늘이 도운 거다."

치료의 문제가 아니라 기록의 문제였다.

모든 노인들을 전수조사 할 수는 없는데 경찰은 그 와중에 갑자기 진료 기록이 뚝 끊긴 노인들을 의심했다.

노인들 대부분은 병을 달고 다니는 것이 현실이다. 그런데 그런 노인들이 갑자기 병원에 안 온다?

그럼 뭔가 이상한 것이다.

물론 사망했을 수도 있다.

하지만 한국은 사망자에 대해 의사가 진단서를 끊어 줘야 동사무소에 사망신고를 할 수 있다.

결국 사망신고도 없고 병원에 진료 기록도 없는 사람들을 특정해서 수사하자, 전국에서 부모를 버린 녀석들이 우수수 떨어져 내렸다.

"미친 새끼들도 참 많아."

생각지도 못한 상황에 정부도 경찰도 당혹했고, 벌써 1만 명을 훌쩍 넘기는 넘는 구속 수감자가 나온 지경이었다.

"그나마 다행이라고 생각하자고. 다시는 이런 일은 없을 거 아냐."

"그렇지."

유찬성은 동료 의원들을 설득해서 관련 법을 정비 중이었고, 이제는 전에처럼 바깥에다가 버리는 일은 하지 못하게 될 가능성이 높다.

"그래도 일이 너무 많아."

"어쩌겠습니까? 부모들도 억울할 수밖에 없는데요."

돈을 빼앗겼던 부모들은 어떻게 해서든 되찾으려고 할 수밖에 없으니, 그 소송은 자연스럽게 그들을 구해 준 새론이 할 수밖에 없게 되었다.

그러니 사건이 미친 듯이 많아질 수밖에 없었던 것이다.

"다른 변호사들에게 부탁해서 사건을 분담해야 하지 않을까요? 아무래도 우리 힘만으로는 안 될 것 같은데."

오죽 많으면 '일중독자'이라고 불리는 노형진조차도 머리를 절레절레 흔들 지경이었다.

송정한 역시 동의한다는 듯 고개를 끄덕거렸다.

"로펌은 안 되더라도 개인 변호사들에게 부탁해서 사건을 나눠야 하겠군. 이건 일이 너무 많은데?"

"그러니까요."

전국에서 있었던 노예 사건 이후에 이렇게 사건이 넘치는 건 처음이었다.

사실 의뢰인의 숫자로 보면 그때보다 훨씬 더 많았다.

그때도 새론뿐만 아니라 여러 로펌이 함께 일했는데, 지금은 더 절실하게 도움이 필요했다.

"넘겨준다고 하더라도 무조건 사건을 던져 줄 수는 없지 않나? 일단은 정리해야지."

"그렇지요."

노형진은 한숨을 쉬면서 옆에 있는 서류를 턱 집어 들었다.

"오늘은 집으로 갈 수 있을지 모르겠네요."

왠지 그게 불가능할 거라는 생각에 한숨만 푹푹 나왔다.

⚖

"으으…… 삭신이야."

집으로 오는 길.

노형진은 반쯤은 죽을 것 같은 얼굴이었다.

오죽 피곤했으면 술도 마시지 않았는데 대리운전을 불러서 대리를 맡길 지경이었다.

"그냥 호텔에서 잘 걸 그랬나?"

솔직히 그런 생각도 간절하기는 했다.

하지만 아무리 그래도 갈아입을 옷이 없었기 때문에 어쩔 수 없이 집에 한 번은 와야 했다.

"아이구, 죽겠다."

절로 곡소리가 나는 몸을 이끌고 천천히 자신의 집으로 향하는 노형진.

그랬기에 누군가 스윽 어둠을 헤치고 다가오고 있다는 것을 알지 못했다.

그는 천천히 노형진을 따라왔고, 노형진은 피곤함에 전혀 느끼지 못하고 힘겹게 아파트 현관 앞에 멈춰 서서 안 돌아가는 머리를 애써 굴리며 비밀번호를 생각해 내려고 했다.

"망할."

얼마나 일을 했는지 비밀번호조차 생각나지 않을 지경이었기 때문에 나지막하게 욕하는 그때, 뒤에서 따라오던 그림자가 노형진을 강하게 밀었다.

"에비!"

"으아아악! 깜짝이야! 이 씨발! 놀랐잖아, 이 새끼야!"

기겁한 노형진은 몸을 돌렸다가 서 있는 사람을 보고 저도 모르게 욕을 퍼부어 댔다.

"으헤헤."

"으헤헤는 무슨, 씨발……. 아오, 심장이야."

"너도 욕을 다 하는구나."

"이 새끼야, 너도 내 꼴이 되어 봐, 욕이 안 나오나."

반쯤은 죽은 것 같은 표정이 되어 있는 노형진은 친구인 소영민을 보면서 이를 박박 갈았다.

"너, 진짜 내 손에 죽고 싶구나."

"쏘리, 쏘리."

소영민에게 화를 버럭버럭 내던 노형진은 어찌 되었건 문을 열고 그를 들여보내 줬다.

"들어와. 망할 놈의 새끼라도 물은 먹여서 보내 줘야지."

"고작?"

"고작 물이 아니라 무려 물이다, 썅놈의 새끼야. 심장 떨어질 뻔하게 하고 욕심도 많아."

"성은이 망극하옵니다."

소영민은 히죽거리면서노형진의 집 안으로 들어왔다.

노형진은 그에게 진짜로 물 한 잔을 딸랑 건넸다. 그리고 단도직입적으로 물었다.

"도대체 여기는 왜 온 거야?"

"놀러 온 건데?"

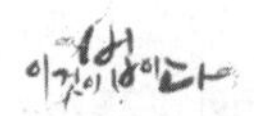

"지랄하지 말고."

이런저런 친구들이 있기는 하지만 소영민은 절대로 놀러 온다고 갑자기 들이닥칠 놈이 아니다.

"연락도 하지 않고 온 걸 보니 아주 중요한 일은 아닌 것 같고, 네놈 성격을 봐서는 근처에 일이 있어서 왔다가 즉흥적으로 들이닥친 것 같은데."

"너같이 감이 좋은 꼬맹이는 사람들이 싫어한다."

"닥치고, 왜 온 거야? 나 얼굴에 이다크서클 보이지?"

자신의 눈 아래를 가리키면서 투덜거리는 노형진.

물론 다급한 게 아니면 그냥 보내도 되기는 한다.

하지만 소영민이 여기까지 온 건, 절대로 가벼운 문제는 아니라는 뜻이다.

"진지하게?"

"그래, 제발 좀 빨리."

힘겹게 찬물을 마시면서 정신을 차리려고 하는 노형진.

"너 왈큐레 알아?"

"그게 뭔데?"

"넌 걸 그룹도 모르냐? 한창 잘나가는 아이돌이잖아. 아니, 잘나갔던 아이돌이라고 해야 하나?"

"왈큐레?"

멍한 머리를 애써 돌리면서 아무리 더듬어 봐도 기억이 나지 않는다.

그 모습을 본 소영민이 힌트를 하나 던져 줬다.

"왕따 돌."

"아…… 그 애들."

얼마 전에 터진 사건.

걸 그룹 내에서 왕따로 인해 한 명이 나간, 아니 쫓겨난 사건이었다.

그로 인해 사람들에게 욕이란 욕은 다 먹고 있는 그룹.

'뭐, 이미지가 개판이 되기는 했지.'

노형진은 힘겹게 하품하면서 생각을 정리했다.

"그런데 왜? 네가 그 애들이랑 아는 사이도 아니잖아?"

"아는 사이도 아니긴. 이래 봬도 팬클럽 부회장이다, 이 새끼야."

"헐, 언제는 3차원은 취급하지 않는다면서?"

노형진이 아는 소영민은 덕질을 많이 하는 오덕이었다. 그리고 그 대상이 대부분 2차원 소녀들이었던 걸로 기억한다.

그런데 뜬금없이 3차원이라니?

"나이가 있으니 슬슬 2차원은 졸업해야지."

"지금 그걸 말이라고 하냐?"

어이가 없다는 듯 바라보는 노형진.

그러나 이내 고개를 흔들었다.

2차원 덕질을 하든 3차원 덕질을 하든, 결국 이루어지지 않는 것은 마찬가지 아닌가?

친구가 무슨 덕질을 하든 자신은 상관없다.

"덕질 한다고 방송국을 뒤집었던 네가 할 말은 아니라고 생각하는데?"

"그건 우연이지."

"그 우연을 가장한 행운 좀 우리 애들한테 써 봐. 애들 이러다 죽겠다."

노형진은 눈을 찌푸렸다.

자신이 이렇게 바쁜데도 불구하고 왈큐레를 알고 있는 것은 그들의 상황이 그만큼 안 좋았기 때문이다.

"정식 의뢰냐?"

"한다고 하면 팬클럽에서 돈을 모아 주기는 할 거야. 규모가 작지는 않으니까."

"아, 골치 아픈데……."

연예인 문제는 법으로 해결하기 쉽지가 않다.

더군다나 소속사도 아닌 팬클럽의 의뢰라니.

"도대체 뭐가 문제인데?"

"그게 말이지."

소영민은 약간 텀을 두고 이야기하기 시작했다.

"'왈큐레 진실 모임'이라는 그 카페장이 나보고 대신 대표를 해 달라고 하더라."

"뭐?"

노형진은 이 무슨 뜬금없는 소리인가 했다.

"대표를 해 달라고 했다고?"

"그래."

"그게 무슨 소리야? 네가 그 팬클럽의 부회장인 건 알고 제의한 거냐?"

"알고는 있어. 내가 거기에 가입해서 몇 가지 조언을 해 줬거든. 그랬더니 자기 대신에 좀 여기를 이끌어 달래. 아무래도 자신이 하기에는 좀 부담이 된다고. 알고 보니 거기 만든 애가 고등학생이더라고. 갑자기 이슈화되면서 악성 팬들이 몰려오니까 감당을 못 하는 것 같아."

"끄응…… 그런 일이 있었냐?"

"그래."

"그런데 여기까지 왔다는 건 진지하게 생각하고 있다는 뜻이구나."

소영민은 고개를 끄덕거렸다.

노형진은 침묵을 지켰다.

'확실히…….'

노형진이 소영민과 친해진 이유를 찾으라면 바로 문제 해결 능력에 있어서 서로 비슷하다는 점 때문일 것이다.

더군다나 그의 성격상, 아무리 팬클럽 활동을 하고 덕질을 한다고 해도 자기들 편만 들어 주면서 상대방을 욕하거나 증거를 부정하는 행동을 하지는 않을 것이다.

최대한 중립을 지키면서 상황을 판단하려고 했을 테

고…… 그리고…….

"또 오지랖 떨었구먼."

"그런 거지."

소영민은 자신의 능력을 알고 있었기에 가끔 인터넷에서 문제가 있으면 조언해 줘서 해결해 주곤 했다.

실제로 그의 조언은 상당한 효과를 가지고 있었고.

그러니 상대방이 아예 통째로 카페를 맡기려고 할 수밖에 없으리라.

물론 왈큐레의 팬클럽 부회장이기는 하지만 팬클럽이 한두 개만 있는 것도 아니고, 사실 진실을 찾기 위해서는 중립적으로 봐야 하니 그쪽 사람이 필요하기도 하다.

"음……."

노형진은 잠깐 침묵을 지켰다.

잠깐 이야기한 것뿐이지만 그가 왜 고민하는지 알 수 있었다.

"너 그거 감당할 자신은 있냐? 거기에 모인 애들은 대부분 악플러나 싸움꾼이야. 말이 왈큐레 진실 모임이지, 대부분은 안 좋은 감정을 가지고 있을 거라고. 좋은 감정을 가진 사람들은 거기에 가지 않을 테니. 활동하게 되면 욕 좀 심하게 먹을 거다."

"모르겠다."

"지금 거기 인원이 몇만이지?"

"18만. 조만간 20만을 넘길 것 같다."

"미친."

아무리 떡밥을 물고 모여들었다고 하지만 어마어마한 숫자다.

'왈큐레 진실 모임이라…….'

노형진은 회귀 전의 기억을 더듬었다. 그리고 왈큐레의 결말을 찾아냈다.

'결국 흐지부지되었던 것 같은데.'

그들이 진실을 찾을 방법도 없었고, 애초에 진실을 찾으려고 하지도 않았다.

소속사는 모든 죄를 가수에게 뒤집어씌웠고, 팬들은 가수 실드 치느라고 안티들을 도발했으며, 안티들은 진실을 찾기보다는 욕하기에 바빴다.

결국 저마다 자기 이야기만 하느라고 해결되지도 않은 채 그냥 흐지부지된 사건.

"그걸 네가 어떻게 해 본다고?"

대충 상황이 이해가 간다.

갑자기 사건이 확 커지니 전에 있던 모임 회장은 더럭 겁이 났을 것이다. 거기에다 고등학생이라고 하니 더 겁날 수밖에 없다.

단순 안티 팬클럽이 뉴스에 오르내릴 일이 얼마나 되겠는가?

그래서 도망가려고 하는 참에, 때마침 적절하게 해결책을 제시하는 사람이 나타난 것.

'아마도 원래 역사에서는 거절했겠군.'

소영민이 그곳을 이끌게 되었다면 대충 하지는 않았을 것이다.

게다가 그 모임이라는 곳도 현재는 기자들이 취재할 정도로 힘을 가진 곳이니 벌써 언론에 드러나서 시끌시끌해졌을 것이다.

'거절 후 도망이라…….'

아마도 소영민이 그들의 부탁을 거절하고 그 후에 그들은 운영에 부담을 느끼고 방치하는 쪽으로 갔을 것이다.

결국 점차 안티들만 많아졌을 테고, 그 후에 떡밥이 그 효과를 다 하면서 천천히 잊혔을 것이다.

"음……."

노형진은 심각한 얼굴로 소영민을 바라보았다.

그가 하고자 한다면 말리지는 않을 것이다.

'이 녀석이 영달을 바라고 하는 것은 아닐 테고.'

이런 사건은 영달을 바라고 할 만한 일은 아니다.

그렇다면 다른 목적이 있다는 건데…….

"솔직히 말해 봐. 네가 목적이 있어서 하고 싶은 거지?"

"아닌데? 난 순수하게 마음으로 응원하고 싶어서……."

"개소리 말고. 네가 그럴 인간이 아니라는 거 잘 알거든? 돈을 바라는 건 아닐 테고, 네놈 오지랖에 걸리는 게 있으니 그거 뜯어고치겠다고 끼어드는 거 아냐?"

"눈치 빠른 새끼."

"그러니까 변호사를 하지. 그러니까 까놓고 말해. 뭐가 마음에 안 드는 건데?"

"가수들에 대한 처우."

"처우?"

"정확하게 말하면, 가수들의 정신적 인권이라고 해야 하나? 뭐, 팬클럽 부회장쯤 되면 뻔하게 보이잖아?"

"가수들의 인권?"

"너도 알잖아. 너도 엔터테인먼트 협회 쪽 일을 하니까."

"그렇지."

"그런데 가수들에게 인권이라는 게 있나?"

"그거야……."

노형진은 잠깐 말을 멈췄다.

물론 자신이 협회를 만들고 전보다 훨씬 나아지기는 했다. 하지만 그건 어디까지나 일부다.

"네가 한 거 나도 알아. 그런데 너도 실수하는 부분이 있더라. 내가 그 부분을 커버해 보고 싶어."

"실수라고?"

"그래. 넌 무명 가수나 연습생에게 신경 많이 쓰더라?"

"그렇지."

돈도 없고 백도 없는 그런 사람들이 사기당하지 않게 하는 것. 그게 노형진이 노린 것이었다.

그런데 실수라니?

"성공한 사람들에게도 나름의 고난이 있거든. 그건 네가 신경 쓰지 않는 것 같아서."

"성공한 사람들……."

"너만 봐도 그래. 다른 사람들이 보기에는 너 엄청 성공한 사람이야. 하지만 그래서 고난이 없어?"

노형진은 잠깐 침묵을 지켰다.

맞다. 자신도 힘들 때는 죽을 만큼 힘들다.

세상에 쉬운 일은 없다고 하지만, 그래도 무척이나 힘든 게 사실이다.

"정확하게 말하면, 가수나 아이돌의 정신적 건강 때문에."

"정신적 건강?"

"그래. 이번 사건에서 사람들은 왕따에 대해서만 떠들고 있을 뿐, 정작 그 이유는 잘 모르더라고."

"이유?"

"그래. 이유가 얼마나 중요한지 넌 알잖아?"

"그렇기는 하지."

"단순한 거긴 한데, 사람들은 근본을 놓치는 경우가 많아서."

"이유가 뭔데?"

"박스엔터테인먼트의 사장."

"사장이 이유라고? 어째서?"

"그 인간, 파산 직전이거든."

"응? 파산?"

"그래."

박스엔터테인먼트의 사장인 마한우는 전부터 질이 안 좋은 사람이었다.

특히 욕심이 과한 사람이었는데, 그 때문에 큰 사고를 몇 번 친 것이다.

정확히는 일에 집중하지 않고 다른 곳에 손을 댄 것이 크게 틀어졌다.

"그래서?"

"그 인간이 파산을 막으려면 적지 않은 돈이 필요한데 말이지, 정작 그 돈을 낼 수 있는 사람은 그 회사에서 왈큐레뿐이었거든."

"그래서?"

"소위 말해서 '좆뺑이'를 친 거지."

하루 평균 취침 시간이 두 시간에서 세 시간.

부족한 잠은 차에서 쪽잠으로 메우고, 그렇게 번 돈은 대부분 회사에서 사정을 이유로 정산이 늦어지고.

"너도 알겠지만 어지간한 스타가 되기 전에는 소속사가 절대적으로 갑이야. 특히 지원이 중요한 아이돌의 경우는 더 그렇지. 아예 싱어송라이터나 배우라면 개개인의 실력으로 살아남을 수 있는 사람들이지만, 아이돌은 회사의 힘으로 홍보해 줘야 하거든."

노형진은 고개를 끄덕거렸다.

맞는 말이기 때문이다.

물론 그 자체로 브랜드가 되는 경우가 있기는 하다.

하지만 아이돌이 그 정도 레벨에 오르는 것은 쉬운 일이 아니다.

"내가 주변에서 듣기로는 마한우가 파산을 막으려고 사력을 다해서 돈을 긁어내는 모양이야. 당연히 돈줄은 왈큐레뿐이고. 그 상황에서 스트레스를 받지 않으면 사람이 아니지."

건장한 남자도 버티기 힘든 스트레스를 고작 20대 여자애들이 버티는 데에는 한계가 있을 것이다.

"문제는 계약에 묶여 있기 때문에 갑과 을이라는 거지, 떠나고 싶어도 떠날 수가 없는."

"그러면 문제가 생길 텐데?"

"그래, 문제가 생길 수밖에 없지. 그게 왕따로 터진 거야."

원래 멤버도 아니고 나중에 늦게 합류한 멤버다.

더군다나 초반도 아니고 유명해질 대로 유명해진 상황에서 오디션 프로그램 우승자라는 이유로 자연스럽게 낙하산으로 들어왔으니, 기존에 힘들어하던 사람들과 트러블이 생기지 않으면 그게 이상한 것이다.

"표적이 된 거군."

"그래."

그런 상황이면 누가 가든 왕따가 되지 않을 수가 없다.

인간은 자신이 여유가 있어야 남에게 베풀 수 있는데, 그런 여유가 전혀 없는 상황에서 새로운 멤버가 좋게 보일 리 없다.

더군다나 새로 들어간 사람은 그러한 삶에 익숙한 사람이 아니다.

그러니 이래저래 버티지 못하고 더 힘들어했을 테고.

“의지의 차이다 이건가?”

“그런 것 같아. 아무래도 그 마한우라는 인간이 가수들에게 의지만 있으면 버틸 수 있다고, 일종의 구일본군식 정신 우선 주의를 지껄였나 봐.”

“허어.”

스트레스와 스트레스가 부딪치니 결국 한 명이 튕겨 나갈 수밖에 없다.

“마치 우리 현실이랑 비슷하지 않아?”

“부정은 못 하겠네.”

정치인들은 국민들을 끊임없이 싸우게 한다.

노인과 청년, 남자와 여자. 고용자와 사용자처럼 말이다.

사실 서로 결국 뻔한 처지인데 정부에서는 그들이 대립하게 만들어서 자신들에게 신경을 쓰지 못하게 만든다.

“지금이 딱 그런 것 같더라고.”

“그래서 넌 어쩌고 싶은 건데? 아니, 아까 말했으니 알 것 같네. 가수들의 정신 건강에 대해 개입하고 싶다 이거지?”

"그래. 내가 덕질 하는 그룹이기도 하지만 주변에서 보면 그런 애들이 적지는 않아. 아이돌이라는 게 반짝 떴을 때 한몫 챙겨야 한다는 이미지가 강해서 무리할 정도로 돌리더라고. 이번 왕따 사건이 좀 크고 또 극단적으로 터지기는 했지만, 그동안의 사례나 주변에서 들리는 이야기로는 다른 가수들도 별반 다를 게 없는 것 같으니까."

"하긴."

한국은 이상하다. 부상 투혼이라는 것을 아주 자랑스럽게 이야기한다.

그런데 전문가의 입장에서 부상 투혼은 미친 짓이다.

그다음 스케줄이 있는 것도 현실이고, 또 부상을 제대로 치료하기 위해서 일을 하지 않으면 당장 손해 보는 것도 사실이다.

그러나 정해진 대로 한계 내에서 일해야 실적이 좋지, 부상 투혼이니 의지의 차이니 하면서 몰아붙여 봐야 결국 한계만 일찍 닥쳐올 뿐이다.

그리고 그렇게 무너지면 다시 일어나는 것은 쉬운 게 아니다.

"그래서 내가 그쪽으로 활동하려고. 뭐, 월급도 적지 않게 받을 수 있을 것 같고 말이지. 너도 알다시피 우리나라 팬클럽들의 규모가 작은 건 아니잖아? 나도 슬슬 2차원 졸업해야지. 그리고 또, 혹시 알아, 그러다가 아이돌이랑 눈 딱 맞을지?"

소영민의 말에 노형진은 고개를 끄덕거렸다.

"좋은 생각이네. 마지막 부분만 빼고."

자신이 놓치기는 했지만 성공한 연예인들의 정신적 문제는 심각하다.

돈을 조금이라도 더 벌기 위해 어떻게 해서든 뺑뺑이를 돌리는 바람에 재능이 있어도 쉽게 지쳐서 나가떨어지는 것이다.

'특히 코미디언이랑 가수는 문제가 심각하지.'

오죽하면 어떤 코미디언은 일하기 싫어서 경찰서에 가서 자기 음주운전을 자수했다.

인기가 있다고 하루 평균 세 시간 이하로 재우면서 움직이게 하자, 이러다 내가 죽겠다고 생각했다는 것이다.

군대를 다녀온 남자인 그가 그 정도인데 20대의 젊은, 아니 어린 여자애들의 스트레스 한계는 훌쩍 넘을 게 당연한 일.

"그렇지?"

고민하던 소영민은 얼굴이 환해졌다.

누군가 확신을 주기를 원했던 모양이다.

하지만 노형진이 준 것은 확신이 아니었다.

"내 인권도 좀 챙겨 주지 않으련? 나도 좀 자자, 이 새끼야."

⚖

"연예인들의 정신적 안정이라……."

박상규는 노형진과 소영민의 말에 고개를 끄덕거렸다.

"그 부분은 저도 동의할 수밖에 없겠군요."

일이 어느 정도 마무리되고 난 후 노형진은 소영민을 이끌고 대룡엔터테인먼트의 박상규 상무를 만나러 왔다.

그가 생각하기에도 소영민의 말에 틀린 점이 하나도 없었기 때문이다.

"대부분의 경우 어떻게 해서든 돈을 더 벌려고 하니까요."

"음……."

"물론 박스엔터테인먼트 같은 곳은 상당히 극단적인 편이기는 하지만요. 그렇다고 해도 성공한 가수나 코미디언의 경우는 대부분 비슷할 겁니다."

박상규는 현실을 알고 있기 때문에 고개를 끄덕거렸다.

"그 부분에 대해 대룡엔터테인먼트와 조합에서는 별말이 없나 봐요?"

"소속 연예인의 운영에 대해서는 저희가 뭐라고 하지 못합니다. 저희는 별개의 사업체이니까요."

'하긴, 그럴 수밖에 없겠군.'

조합이라는 것은 여럿이 모여서 만든 조직이다. 그러니 개개인이 아직 하나의 객체인 셈이다.

그런 조합에서 마음대로 연예인을 굴릴 수는 없다.

"도리어 좀 더 독하게 굴리는 부분도 있다는 이야기가 있습니다."

"도리어 더요?"

노형진은 깜짝 놀랐다.

외부에 있는 다른 기업들이나 그럴 거라고 생각했지 설마 조합 내부의 회사들이 그럴 줄은 몰랐던 것이다.

"어쩔 수 없지요. 일단 들어가는 돈이 더 많으니까요. 아니, 그렇게 주장하고 있지요."

"그렇지는 않을 텐데요?"

박상규가 말하는 것은 아마 연습생과 데뷔한 지 얼마 안 된 사람들에게 주는 최소한의 돈 때문일 것이다.

정산이 끝날 때까지 단 한 푼도 주지 않는 다른 기업과 다르게 엔터테인먼트조합에 속한 사람들은 연습생과 새로 데뷔한 사람들에게 최소한의 생활비는 줘야 한다.

그 돈이 큰 것은 아니지만 그 사람들에게는 생명 줄이나 마찬가지이기 때문이다.

"하지만 그 대신에 아끼는 돈이 더 많지 않습니까?"

전이라면 다 따로 고용해야 하는 코디나 메이크업 담당, 차량, 연습실 등등을 시간에 맞춰서 함께 쓰고 있으니 도리어 아끼는 돈은 어마어마할 것이다.

그중 극히 일부를 연예인에게 주는 것뿐이고.

"인간이 그렇게 합리적인 존재가 아니지 않습니까? 자기가 손해 본 것만 생각하지, 자신이 이득 본 것은 전혀 감안하지 않을 겁니다."

"끄응."

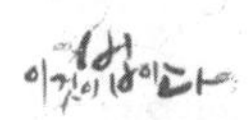

"결국 그 돈을 뽑아야 한다고 소속 연예인들을 지나치게 가혹하게 돌리는 성향이 있습니다."

"흠……."

노형진은 턱을 문질렀다.

조용히 듣고 있던 소영민 역시 심각한 얼굴로 말했다.

"거기에다 시대가 바뀌었잖아."

"시대가?"

"지금 채널이 몇 개인데."

과거에는 채널이라고 해 봐야 다섯 개 정도였다.

하지만 지금은 수십 개의 채널이 있고, 거기에다 대룡이 만든 인터넷 방송국도 있다.

"전보다 지망생이 늘었다고 하지만 그렇다고 해서 스타가 늘어난 것은 아니거든."

결국 스타의 숫자가 전보다 늘었다고 해도 수십 배로 늘어난 방송국에 비할 바는 아니다.

"극한까지 돌리는 것이 현실이야."

"의외로 많이 공부한 모양이네."

"설마 내가 그 정도도 안 알아보고 찾아갔을까 봐."

사람은 그다지 늘지 않았는데 출연해야 하는 방송국은 더 늘어난 셈이다.

"방송국이 늘어났다고 해서 스타가 열 배로 늘어나는 건 아니잖아."

"그렇겠군."

스타인 만큼 출연을 원하는 곳이 많을 테고 그만큼 바쁠 수밖에 없다.

"정신적으로 스트레스가 엄청날 거라고. 그런데 그건 소송으로 어떻게 할 수 있는 게 아니잖아?"

"그렇지."

소송이라는 것은 당사자와 대상이 있어야 성립한다.

이건 당사자가 할 수 있는 것도 아니고 대상이 특정된 것도 아니다.

결국 당사자들이 적당히 조절해서 출연해야 하는데, 그러지 못하는 경우가 많다.

"그래서 그런지 요 근래 들어서……."

말을 하던 박상규는 주변을 스윽 둘러봤다.

"개인 회사를 차리려고 하는 사람들이 많아지더군요."

"개인 회사요?"

"네. 아마도 소영민 씨가 말하는 부분도 일정 부분 영향이 있다고 보입니다."

"음……."

한번 성공하면 어떻게 해서든 뽕을 뽑아야 하는 한국의 문화.

그 때문에 연예인들은 심각할 정도의 정신적 스트레스에 시달리고 있었던 것이다.

"참 애매하군요."

그들이 출연을 줄이고 새로운 사람들에게 기회를 주면 좋겠지만, 방송이라는 것은 그렇게 공정하게 굴러가는 것이 아니다.

방송사나 제작사의 입장에서는 시청률이 중요하니 어쩔 수가 없다.

시청률이 나와야 광고와 PPL이 더 붙는다.

그리고 사람들은 새로운 걸 찾아보는 것보다는 유명한 사람들이 출연하는 것을 찾아보는 것을 선호한다.

"그래서 네가 어떻게든 해 보겠다는 거야?"

"그래."

소영민은 진지한 표정으로 말하고 있었다.

그런 소영민을 바라보는 노형진은 솔직히 우려가 되었다.

"쉬운 거 아닐 거다. 일단 수익 모델이 문제고."

소영민의 말이 뭔지 모르는 바는 아니다. 그리고 자신이 봐도 누군가는 해야 하는 일이기도 하다.

그러나 여러 가지 문제가 있었다.

"일단 이건 1~2년으로 해결될 문제가 아니야. 어떻게 보면 이건 사회적인 문제이고 사회적인 해결책을 찾아야 하는 건데, 너도 알다시피……."

"사회운동을 하는 사람들은 가난하지."

소영민은 다 안다는 듯 피식 웃었다.

"내가 그런 것도 모르고 덤벼들까 봐?"

사회운동을 하다 보니 적절한 수익 모델을 만들어 내지 못한다. 그래서 대부분은 가난하다.

"네가 가진 능력이면 더 많은 걸 할 수 있을 거야."

"알아. 뭐, 내가 공부를 못했지 사회생활을 못하는 사람은 아니니까."

"그런데 굳이 해야겠어?"

"뭐, 네가 한다고 하면 난 빠지고."

어깨를 으쓱하는 소영민.

하지만 노형진은 그런 그에게 자신이 하겠다는 말을 할 수가 없었다.

그것까지 하기에는 지금 일도 너무나 많다.

"좋아, 뭐. 네가 결심했다고 하니 말리지는 않을게."

"그리고 걱정하지 마. 수익 모델은 이미 생각해 놨으니까."

"그랬겠지."

끼리끼리 친해진다는 말이 있다.

소영민이 노형진에게 딱 그런 친구다.

자신과 무척이나 닮은 친구.

아마도 그가 공부를 잘했다면 최고의 파트너 아니면 최악의 적, 둘 중 하나가 되었으리라.

"일단은 왈큐레 진실 모임을 집어삼키는 것부터 시작해야지."

"양도한다면서?"

"그건 전혀 다르지. 너도 알다시피, 대부분 진실보다는 씹고 뜯고 하려고 온 애들이지 진실에 관심 있는 애들이 얼마나 되겠냐?"

"하긴."

지금 진실 모임의 멤버 수는 대략 20만.

그러나 그중 상당수는 그저 떡밥에 따라온 사람들이다.

그리고 그들의 관심은 왈큐레의 몰락이지 그들의 재기가 아니다.

"그 부분이 문제인데……."

곤란한 표정이 되는 소영민.

"그건 내가 도와줄 수 있겠는데?"

노형진은 그런 소영민을 바라보면서 씩 웃었다.

⚖

소영민이 대표 자리를 승낙하자 진실 모임의 창립자는 잽싸게 그걸 넘기고 도망쳐 버렸다. 자신이 감당하지 못할 걸 알고는 잔뜩 겁을 집어먹은 모양이었다.

"문제는 사람들의 관심을 어떻게 바꾸느냐인데."

사실 왕따는 잘못이기는 하다.

그리고 진실이야 어떻든 간에 내부에서 심각한 의견 충돌이 있는 것도 사실이다.

그리고 그건 명백하게 문제다.

"형진이 네가 한 말이 가능성이 있을까?"

"그래야지. 결국 사람들에게 가장 확실하게 어필하는 건 진실이거든."

"그건 그렇지."

"마한우도 어쩔 수 없을 거야."

현재 마한우는 모든 책임을 그룹에서 나간 멤버인 화선에게 뒤집어씌우고 있었다.

심지어 그룹에서도 계속 그런 분위기로 몰아가고 있었다.

그리고 그럴수록 점점 자신들이 고립되어 가고 있다는 것을 모르는 것처럼 행동하고 있었다.

"가장 좋은 건 사장이 희생양이 되는 거야. 결국 국민들이 요구하는 건 희생양이거든. 아마 그가 나서면 욕이 한순간 그에게 쏠릴 거야."

"기분 좋은 말은 아니네."

"어쩔 수 없어. 인간의 본성이 어디로 가는 건 아니라고."

"그래서 사장이 나서야 한다?"

"그래."

사장은 민간인이다. 그러니 욕먹어도 불리할 것이 없다.

하지만 왈큐레는 아니다.

그들이 버틸수록 사람들은 그들을 싫어하게 된다. 그러니 그들 중 누군가가 표적이 되는 것이다.

"내가 전에 썼던 방법이야."

누군가를 대신해서 타격이 덜한 사람이 방패가 되는 것.

"그리고 이번 사건은, 네가 말한 게 사실이라면 충분히 사장이 방패가 될 만하지."

"그렇겠지."

하루에 두세 시간만 재우면서 돌린 것도 마한우고, 제대로 케어해 주지 않은 것도 마한우다.

멤버들끼리 익숙해질 만한 시간을 주지 않은 것도 그고, 친해질 시간을 주지 않은 것도 그다.

오로지 돈만을 노리고 끝없이 뺑뺑이를 돌린 건 그니까 그가 책임지면 된다.

"거기에다가 박스엔터테인먼트의 전략을 보면 그게 먹힐 것 같거든."

박스엔터테인먼트의 홍보 전략을 간략하게 말하면, 소속사는 싫어도 연예인은 좋다는 식이다.

그러니 자신 스스로 욕먹는 걸 부담스러워하지 않는다.

"자신의 잘못을 인정한다면 또 한국 사람들은 쉽게 공격하지 못하고 말이야."

물론 대미지가 없지는 않을 것이다.

하지만 회귀 전처럼 치명적이지는 않을 것이다.

"일단은 가서 이야기해 봐야지."

⚖

"왈큐레 진실 모임의 소영민이라고 합니다."

"노형진이라고 합니다. 변호사입니다."

두 사람이 인사하자 박스엔터테인먼트의 마한우 사장은 불편한 얼굴로 소영민을 바라보았다.

그럴 수밖에 없는 게, 현재 왈큐레 안티의 대표적인 존재가 바로 진실 모임이기 때문이다.

"반갑다고는 말 못 하겠군요."

"하하하, 전에 있던 사람하고는 관련 없습니다. 전 진짜로 중립적으로 운영할 테니까요. 더군다나 전 왈큐레 팬클럽 부회장입니다."

"그렇다면 다행이군요."

"전에 있던 대표하고는 사이가 안 좋았나 보군요?"

"고작 개인 집단이 저희한테 무리한 요구를 해 왔으니까요."

"무리한 요구?"

"은퇴하라니, 말이나 됩니까?"

소영민이 머리를 긁적거렸다.

"아시겠지만 전 대표는 나이가 어렸습니다. 고등학생이었으니 그가 선택할 수 있는 카드가 많지는 않았지요."

"음……."

"이해해 주세요. 고등학생이 수십만의 요구를 무시하기는

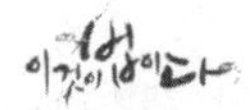

힘들었을 테니까요."

무서운 속도로 늘어나는 회원 수.

20만을 넘어서 30만을 향해 달려가는 모습은 사람들이 얼마나 분노했는지를 보여 주고 있었다.

'초반에 분위기에 취했을 때의 이야기인가 보군.'

그런 분위기에 취해서 그만 무리한 요구를 해 버린 것이다.

"일단 정확하게 말씀드리는데, 저희 왈큐레 진실 모임은 진실을 밝히기 위한 거지 왈큐레의 안티가 아닙니다. 그건 저도 마찬가지구요."

소영민은 최대한 좋게 말하려고 노력했다.

이번 사건의 발단이 되기는 했지만 어찌 되었건 그는 왈큐레에는 절대적인 갑이니까.

하지만 상대방은 계속해서 툭툭거렸다.

"지금 하는 짓거리가 안티가 아니면 뭐라는 겁니까?"

몇 번이나 이제는 다른 사람이다, 좋게 해결하려고 하는 중이다, 아이들을 위해 서로 양보하자고 설득하는데도 불구하고 마한우가 툭툭거리자 슬슬 소영민도 말이 좋게 나갈 수가 없었다.

"진실을 말하지 않고 계시지 않습니까?"

"진실이 뭔데요? 이미 답을 딱 정해 두고 그에 맞게 이야기하지 않으면 진실이 아니라고 하는데 나더러 뭘 어쩌란 말입니까?"

"뭐, 틀린 말은 아닙니다만."

"뭐요?"

"아까도 내가 말한 것 같은데요, 저 팬클럽 부회장입니다. 내부 사정 모를 것 같아요?"

순간 움찔하는 마한우.

아무래도 분위기가 너무 달궈지는 것 같다고 생각한 노형진이 황급히 끼어들어서 둘 사이를 중재했다.

"현재 모임의 대부분을 안티가 차지하고 있으니 마한우 사장님의 말씀도 틀린 말은 아닙니다."

"그건 그렇지."

소영민도 순순히 인정했다.

그리고 두 사람이 잘못을 인정하자 도리어 당황한 것은 마한우였다.

'진실을 얻기 위해서는 진심으로 다가가야 하는 법이지.'

여기서 아니라고 우겨 봐야 저들의 말을 증명해 주는 꼴밖에 되지 않는다.

그러니 여기서는 아니라고 우기는 게 아니라 인정할 것은 인정해야 한다.

"확실히 지금 상황에서 사장님이 하는 말씀이 안티들에게 들어가지는 않겠지요."

"그걸 알면서 여기에 온 거요?"

짜증스럽게 말하는 마한우.

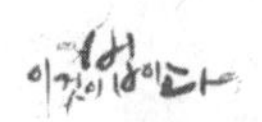

"하지만 사장님도 진실을 말하지는 않으시잖습니까?"

노형진은 그런 그의 말에 정곡을 찌르면서 반응했다.

우리도 인정할 건 인정했으니 너도 인정할 건 인정하라는 일종의 공격이었다.

"내가 언제요?"

"화선이 연예인병에 걸려서 안하무인으로 행동했다고 주장하시는데, 주변의 말은 전혀 다르던데요?"

"그거야, 그 애들의 입장이고."

"그건 마찬가지지요, 진실은 보는 사람마다 다르니."

왠지 언론적인 이야기만 하는 듯하자 마한우는 눈을 찌푸렸다.

"그래서 원하는 게 뭐요? 운영 자금이라도 달라는 거요? 아니면 돈?"

종종 이런 경우가 있다, 규모가 커지면 돈을 요구하는 경우.

하지만 노형진은 그럴 생각이 없었다.

"저희가 원하는 건 돈이 아닙니다. 다만 사장님이 전면에 나서 달라는 겁니다."

"전면에?"

"네. 지금까지 사장님은 왈큐레 멤버들만 방패로 세웠지, 본인이 전면에 나서지 않으셨잖습니까?"

"아니, 나더러 뭘 어쩌라고! 내가 나가서 말한다 해도 믿지도 않으면서!"

"사람들을 설득하라는 게 아닙니다. 반대죠. 잘못을 인정하고 죄를 뉘우치는 것."

"뭐라고! 내가 왜! 내가 뭘 잘못했는데! 이것들이 보자 보자 하니까!"

마한우는 분노로 소리를 버럭 질렀다.

그러자 소영민도 그에게 버럭 화를 냈다.

"멤버들을 극한까지 몰아붙여서 부려 먹으셨잖습니까? 그로 인해 이번 일이 벌어진 거구요!"

너무 뻔뻔해서 도무지 말이 안 통하는 기분이었던 것이다.

"허? 그게 내 잘못이다? 그게 무슨 말도 안 되는 개소리야?"

"그렇지 않습니까? 인간은 기계가 아닙니다. 쉬어야 정신적으로 안정됩니다. 가장 잔인한 고문이 잠 안 재우는 고문이라는 거 모르세요?"

노형진은 날카롭게 말했다.

실제로 예부터 어떤 고문을 하든 잠을 재우지 않는 것이 기본이었다.

그만큼 수면 부족은 사람을 내면에서부터 파고들기 때문이다.

"이미 기록 다 확인했습니다. 하루 평균 취침 시간이 두 시간이 뭡니까? 그게 사람이 할 짓은 아니잖아요?"

"그 애들은 충분히 잤어! 차로 이동하는 데 드는 시간이 얼마나 긴데! 씨발, 막말로 이동 시간만 아니면 돈을 더 벌 수 있는데, 그거 때문에 우리가 얼마나 손해가 큰데!"

"차에서 자는 거랑 편하게 집에서 자는 거랑 같습니까?"

쪽잠이라고 부르는 데에는 다 이유가 있다.

아무리 잔다고 해도 누워서 자는 것과 앉아서 자는 것의 수면의 질의 차이는 어마어마하다.

거기에다 아예 편하게 자려고 하면 머리가 눌릴 수밖에 없다.

그러니 고개를 들고 자야 하는데, 그렇게 자면 제대로 잠을 잘 수 있을 리 없다.

"그 애들도 동의한 거야! 왜 이래!"

"동의할 수밖에 없지요. 그 애들한테 사장님은 절대적으로 갑 아닙니까? 거기에다가 정산도 제대로 해 주지 않으셨다면서요?"

"그거야 회사가 어려우니까 그런 거지."

"회사가 어려운 게 아니라 사장님이 어려우신 거잖아요. 엄밀하게 말하면 회사랑 사장님은 별개지요."

정산해 줬어야 하는 시점은 이미 지났다.

그런데 회사 사정을 핑계로 정산을 해 주지 않으니 일하는 사람의 입장에서는 보람이라는 게 있을 리 없다.

"생각해 보세요. 몇 달간 열심히 일했는데 단 한 푼도 들어오지 않으면 사람이 화가 안 나겠습니까?"

"그거야……."

그게 사실이기 때문에 마한우는 차마 대꾸하지 못했다.

그러자 더 강하게 공격하는 소영민.

"보람도 없고 의욕도 없이, 잠도 못 자면서 쫓기다시피 일하는데 사람이 제정신일 리 없지요."

"어차피 시간이 지나면 차차 정산해 줄 거야."

"당장 내 계좌에 들어온 것과 시간이 지나서 내 계좌에 들어오는 건 전혀 다른 문제지요."

일단 내 계좌로 들어온 것은 내가 모은 돈이고 내 돈이다.

하지만 나중에 한꺼번에 준다고 안 주고 있는 것은 내 돈이 아니라 못 받은 돈일 뿐이다.

"이익!"

"저희 쪽 의견은 그렇습니다. 이번 사건에서 진짜 문제는, 왕따가 있느냐 없느냐도 있지만 그런 상황이 될 수밖에 없도록 만든 사장님이라는 겁니다."

"그래서 나더러 뭐 어쩌라고?"

"책임지시라는 겁니다."

"책임? 하아, 이것들이 미쳤나?"

어떤 면에서는 왈큐레를 은퇴시키라는 것보다 더 어이가 없는 말이다.

자신보고 책임을 지라니.

"입으로 지껄이면 다 말인 줄 아나?"

언성을 높이는 마한우.

무시무시하게 서로를 노려보는 마한우와 소영민을 보면서

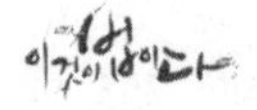

노형진은 한숨을 쉬며 다시 한 번 끼어들었다.

"자, 자! 진정하시고, 오해는 하지 마세요."

"오해? 지금 오해라고?"

"네. 영민 씨가 좀 독하게 말하기는 했지만 저희가 그렇게 경우가 없는 놈들은 아니니까."

소영민과 팬클럽의 의뢰는 왈큐레의 보호다, 사장의 보호가 아니라.

그러니 그들을 위해 최대한 사장을 설득해야 한다.

물론 사장의 입장에서는 억울하겠지만, 그가 억울한 게 중요한 것도 아니고 왈큐레가 멀쩡해야 자기도 돈을 버는 것이니 손해 보는 것은 없다.

"저희가 말하는 건 사장님에게도 좋은 결과가 될 겁니다."

"내가 좋을 게 뭐가 있어?"

"사장님이 방패가 되어서 아이들을 보호하시면 아이들의 이미지가 망가지는 것을 막을 수 있지 않습니까?"

"이미지?"

"네."

자신의 잘못을 방송에서 뉘우치면 사람들의 화살은 그에게 쏠린다.

그리고 자연스럽게 왈큐레는 피해자가 된다.

"사법적으로도 가해자가 강요에 의해서 가해한 경우는 선처의 대상이 되지요. 안 그래?"

"맞습니다."
"으음……."
"물론 사장님이 욕이야 거하게 먹겠지만, 지금처럼 이미지가 시궁창에 박히는 건 면할 수 있을 겁니다."
"으음……."
걸 그룹에 있어 이미지는 전부라고 해도 무방하다.
그런데 현재 왈큐레의 이미지는 결코 좋다고 할 수가 없다.
"요즘 행사도 끊기고 방송 출연도 끊기셨잖아요? 그리고 광고에서도 하차하라고 난리고요. 아닌가요?"
"큭."
현실적인 문제를 이야기하자 마한우는 눈을 찌푸렸다.
그러나 아니라고 부정할 수도 없었다. 그게 현실이니까.
"지금 상황에서 아무리 언플 해 봐야 안 먹히는 거 아시죠?"
"지금 나 놀리냐?"
마한우의 별명이 바로 언플의 귀재다.
그가 언플, 그러니까 언론 플레이로 띄운 가수들이 한두 명이 아니다.
그만큼 그는 언론을 자기편으로 두고 있다.
"하지만 지금은 효과가 전혀 없잖아요."
"끄응……."
언론을 통해 화선이 돈독이 올랐네 연예인병이 들렸네 하면서 온갖 욕을 다 하고 모든 책임을 그녀에게 돌리려고 하고 있지만, 지금은 그게 먹히는 시대가 아니다.

그가 언플을 배운 시대에는 제대로 된 소통 라인이 없었지만, 지금은 인터넷이 사방에 깔렸고 핸드폰에서도 인터넷이 되는 시대다.

더군다나 누구 한 명이 SNS에 올리기만 하면 순식간에 퍼진다.

"본인이 생각하시는 그런 방식으로는 이미지 못 바꿉니다. 아시잖아요?"

"싯팔."

"주변에서 화선을 편들어 주는 사람들이 한두 명이 아니에요."

방송국 직원이나 촬영장 스태프들이 올린 글은 하나같이 화선이 그런 애가 아니라는 것이었다.

도리어 떴다고 자신들을 무시한 것은 왈큐레 멤버들이었다고 뒤에서 험담했다.

"물론 그게 왕따의 문제를 확정할 수는 없지요. 하지만 사람들이 봤을 때 누구의 말이 더 신빙성이 있을까요? 언론에서 받아쓰기하듯 떠드는 것, 아니면 주변에서 보고 판단해서 이야기해 주는 것 중에서요."

"과거에 언플을 잘하신 거 알고 있습니다. 하지만 시대가 변했어요."

"그래서 내가 대신 매를 맞아라?"

"정확한 표현입니다."

그가 나섬으로써 왈큐레는 다시 살아날 수 있는 기회를 얻을 수 있다.

'원래 역사에서는 끝까지 안 나서지만.'

도리어 그 버릇을 고치지 못해서 결국 새로운 멤버들은 모조리 나가 버리고 원년 멤버들만 남게 된다.

그마저도 결국은 깨져 버리지만.

"어떻게 하시겠습니까? 본인이 욕먹으면 왈큐레는 살 수 있습니다."

"그러면…… 저 새끼는……?"

"새끼?"

어이가 없다는 표정으로 바라보는 소영민.

노형진은 발끈하려는 그를 진정시키며 차분하게 입을 열었다.

"영민 씨는 그 안에서 분위기를 마한우 사장님에게로 이끌 겁니다."

"내가 욕먹게?"

"네."

"흠……."

마한우는 잠깐 고민했다.

그리고 이내 고개를 끄덕거렸다.

"그렇게 하지."

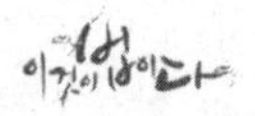

"좋습니다."

노형진은 씩 웃었다.

'다행히 이번에는 쉽게 해결되는가 보네.'

진실이 중요하기도 하지만 때로는 진실보다 현 상황이 중요하다. 그러니 그 문제를 해결하고 난 후에 진실을 찾아야 한다.

증거를 찾겠다고 칼에 찔린 사람을 그냥 길바닥에 둘 수는 없지 않은가?

"그러면 기자회견을 하시고 다 인정하시는 겁니다."

마한우는 고개를 끄덕거렸고, 소영민과 노형진의 얼굴에는 미소가 떠올랐다.

⚖

"오늘이지?"

"그래."

기자회견을 하기로 한 날, 사무실에서 노형진과 소영민은 기자회견을 기다리고 있었다.

"그가 사과 방송을 하고 난 후에 자연스럽게 일을 진행하면 될 거야."

소영민이 해당 카페에서 사장을 규탄하는 한편 팬클럽에서 왈큐레 멤버들의 정신 건강에 대해 의견을 꺼내면, 분위기는 자연스럽게 왈큐레가 피해자라는 쪽으로 흘러갈 것이다.

그 후에 그들의 정신과 검사 결과를 바탕으로 그들에게 안정을 취하도록 하는 한편 해당 사항을 공론화하면서 카페의 성격을 점차 바꿔 가는 것이다.

그러고 나서 아예 사회단체화하는 거고.

"느긋하게 기다리는 일만 남았네. 그나저나 이거 하면 많이들 오려나?"

"오겠지. 너 연예인들이 마약이나 도박에 많이 빠지는 이유가 뭔지 알아?"

"알지. 그러니까 내가 하려고 하는 거고."

사람들의 생각과 다르게 연예인이라고 해서 마냥 좋은 것은 아니다.

당장 왈큐레처럼 숨도 못 쉬게 돌리는 것도 정신적인 압박이 장난이 아니지만 최고의 자리에서 떨어지게 된다는 것, 그리고 인기가 없어지게 된다는 것, 그런 것에 대한 정신적 압박도 장난이 아니다.

그나마 해외에서는 그런 상황에 대비해서 개인 상담 시스템이라도 잘되어 있지만, 한국은 그 누구도 그런 것에 대해 신경 쓰지 않는다.

"가장 쓸데없는 걱정이 연예인이랑 재벌 걱정이라지만, 팬들의 입장에서는 그렇지 않은 법이니까."

재벌이야 자기 마음대로 하면 그만이지만 한국에서 연예

인이 상담이라도 받았다 치면 당장이라도 미친놈 취급당할 테니 그게 쉬운 선택은 아닐 것이다.

"아, 시작한다."

기자회견이라고 해서 방송에서 생방송으로 할 수 있는 것은 아니다.

그래서 인터넷 방송을 통해 중계하게 되었는데, 미리 준비된 단상으로 천천히 마한우가 올라오는 게 보였다.

—친애하는 국민 여러분 그리고 팬 여러분, 이번 사건으로 인해 심려를 끼쳐 드려 죄송합니다. 이번 사건에서 왕따는 없었다고 확실하게 자신합니다만 외부에서 보이는 모습은…….

"쯧쯧…… 사과문 발표할 줄을 모르네."

저런 식으로 변명부터 시작하는 사과문은 그다지 큰 효과를 보지 못한다.

"차라리 잘된 거 아냐? 어차피 사장이 두들겨 맞아야 하는 거니까."

"그렇기는 하지."

노형진의 말에 소영민은 손으로 과자를 집어서 입에 넣으며 중얼거렸다.

"뭐, 자기가 욕먹는 방법이야 알아서 잘 짰겠지. 자기도 살려면 방법이 없으니까."

“그렇지.”

어찌 되었건 지금이 아니면 그에게 기회가 없으니 사실을 말하는 것 말고는 방법이 없는 상황.

그러는 사이 마한우는 몇 마디 변명을 더 했다.

그리고 다음 순간, 노형진과 소영민은 뒤통수를 맞은 표정으로 멍하니 화면을 바라보았다.

—이 모든 사태의 책임은 화선에게 있습니다. 그녀는 스타병에 걸려서 자신의 책임을 망각하고 주변에 심한 부담을 주었으며…….

“이런 미친…….”

쩍 벌린 소영민의 입에서 과자 부스러기가 떨어지는 와중에도 화면에서는 마한우가 열변, 아니 광분을 하고 있었다.

—물론 그걸 참지 못한 왈큐레에도 일부 책임이 없는 것은 아닙니다만, 이 모든 사태의 책임은 그녀에게 있습니다. 그동안 사정을 봐줘서 법적인 소송까지 가지는 않았습니다만…… 앞으로 왈큐레에 대해 허위 사실을 유포하고 말도 안 되는 주장을 하는 사람들과 기자들에 대해서는 법적인 절차를 밟을 예정이며…….

마한우 그는 가장 확실한 방법으로 뒤통수를 치고 있었다.

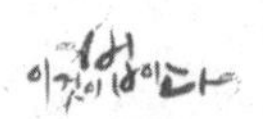

고소해 봐

"이 새끼, 미친 거 아냐?"

소영민은 어이가 없어서 흥분을 가라앉히지 못하고 좁은 사무실 안을 왔다 갔다 하고 있었다.

"살려 주겠다고 손을 내밀었는데 거기에 침을 뱉어? 아니, 침을 뱉은 정도가 아니라 아예 뒤통수를 후려쳐?"

"끄응……."

"저 새끼 저거, 진짜 미친 거 맞지? 우리가 그날 충분히 설명했잖아! 그런데 왜 저 지랄인데!"

"아마도……."

"아마도 뭐?"

"파산 때문에 그랬겠지."

"뭐?"

"최악의 경우 그는 파산해야 하거든."

파산이라는 것은 그냥 나 망했다고 이야기하는 게 아니다.

법원을 통해 파산 허가를 받아서 해야 한다.

"파산을 하면 돈을 갚거나 하는 책임이 면해지잖아. 그러니까 어떻게 해서든 법원에서 파산 허가를 받아야 하는데, 법원에서는 그걸 쉽게 내주지 않거든. 특히나 본인에게 책임이 크면 안 내줘."

가령 범죄로 인한 손해배상은 절대로 파산 허가를 내주지 않는다.

그러면 사고를 치고 돈을 빼돌린 이후에 파산 신청을 할 게 뻔하기 때문이다.

"그러니까 아마도 파산하기 위해서는 자신의 책임을 최대한 가볍게 해야 한다고 생각하지 않았나 싶다."

"뭐? 이런 미친 새끼! 그럼 애들은?"

"믿는 구석이 있을 테니까."

"믿는 구석?"

"그래. 한국에서 안되어도 중국으로 가면 그만이거든."

노형진의 기억 속에서 왈큐레는 한국 활동을 사실상 접고 중국에서 활동을 이어 갔다.

'그러니 한국쯤은 버려도 그만이라 이건가?'

사실 중국이 물가가 싸기는 하지만 워낙 땅이 크고 인구가 많아서 한국에서 버는 것보다 훨씬 더 많이 벌 수 있다.

그래서 사고 치고 중국으로 도망가는 연예인들도 적지 않고.

상대적으로 인터넷이 발달하지 않은 중국은 그러한 행동에 대해 훨씬 자유로우니까.

'그리고 자기는 파산한 후에 그곳에서 자기 배를 채우겠다 이거겠지.'

파산한다고 해서 빚을 아예 안 갚는 것은 아니다.

파산절차 중 하나가 바로 회생에 대해 신고하는 것이기 때문이다.

여기서 회생이란 일정 부분 빚을 갚아서 자신이 자립하려고 있다는 것을 보여 주면 그의 신용을 부활시켜 주는 것을 말한다.

'어찌 되었건 마한우가 파산 후 회생을 노리는 것은 확실한 것 같네.'

일단 파산하고 난 후 중국에서 왈큐레가 벌어 준 돈으로 회생하면, 못해도 수십억은 안 갚고 버틸 수가 있을 테니까.

물론 그 과정에서 왈큐레의 이미지는 시궁창으로 처박힐 것이다.

"아오! 이 개새끼를 어쩌지?"

"일단은 중국으로 나가지 못하게 해야지."

"중국? 웬 중국?"

"사실은 내가 좀 알아낸 것이 있어."

노형진은 자신이 아는 바를 간략하게 말했다.

그러자 소영민은 분노로 부르르 떨었다.

"그러니까 애초에 버리는 카드였다 이거네?"

"그렇지. 물론 한국에서도 활동할 수 있으면 좋겠지만, 그러기에는 이미 이미지가 너무 안 좋아졌으니까."

이미 '왕따돌'로 소문이 난 이상 전처럼 1위를 하거나 하기는 힘들다. 최소한 몇 년은 말이다.

물론 사장이 책임지고 총대를 멘다면 다시 살아나기까지의 기간이 훨씬 짧아지겠지만, 그렇다고 해도 이미 입은 피해를 복구할 방법이 없다.

"더군다나 정신과 치료를 받는다? 이러면 한국에서는 더 문제거든. 전에 말했잖아, 한국은 그런 것으로부터 상당히 자유롭지 못하다고."

"끄응……."

"거기에다가 이미지가 망가진 이상 광고도 끝이야."

가수가 돈을 버는 방법은 광고 아니면 행사다.

그런데 광고도 불가능하고 행사도 불가능하다면, 사실상 그 가수의 생명은 끝났다고 봐야 한다.

물론 인디 가수들처럼 살 수도 있지만 한때 한국에서 1위를 밥 먹듯이 하던 가수가 어느 순간 인디 가수처럼 생활할 수 있을 리 없다.

"그러니까 아예 한국은 버린다 이거구나."

"그래. 생각해 봐. 저 녀석의 주특기가 언론 플레이였다. 그 말은 기자들과 친하게 지내 왔다는 거지. 그런데 갑자기 기자들에 대한 소송을 언급했어. 왜일까?"

"아……."

만일 화가 난 거라면 그냥 악플러들을 상대로 소송을 한다고 하면 그만이다.

그런데 그는 기자회견에서 굳이 기자들에 대한 소송도 언급했다.

"수십 년을 연예계에서 활동하면서 언플을 전문으로 한다는 이름까지 얻은 사람이 그런 어이가 없는 실수를 할 리 없지."

"기자들과 척지어도 상관이 없다 이거라는 거야?"

"그런 거겠지."

노형진은 입술을 깨물었다.

'그러고 보니…… 이상하기는 했어.'

이번 사태 이후에 멤버들 중 몇몇은 정신이상 증세를 보이곤 했다.

갑자기 SNS에 이상한 사진을 올리거나 말도 안 되는 헛소리를 하는 등…….

그 후에 그들은 자연스럽게 그룹 탈퇴라는 식으로 왈큐레에서 나갔다.

말로는 솔로 데뷔니 연기자 데뷔니 하지만 제대로 진행된 적은 없었다.

'뜯어먹고 버리겠다 이건가?'

생각해 보면 당연하다면 당연한 일들이었다.

다만 노형진이 알아차리지 못하고 있었을 뿐.

그런 대접을 받는 연예인들이 한두 명이 아닐 것이다.

"그러면 어쩌지? 의미가 없잖아?"

한국에서 그들의 정신 건강을 위한 조직을 만들려고 한다고 해도 사장이 돈을 좇아 중국으로 보내 버리면 이쪽에서 아무리 떠들어 봐야 의미가 없다.

"아무래도 이건 내가 힘 좀 써 봐야겠는데."

"힘을 쓰다니?"

"그런 게 있어."

노형진은 입술을 깨물었다.

"그쪽에서 이런 식으로 나온다면 나도 깨끗하게 움직일 이유는 없지."

노형진은 바로 중국으로 향했다.

그리고 그쪽 연예계를 통해 왈큐레가 중국에서 활동할 소속사를 찾는 것은 어려운 일이 아니었다.

하지만 사실 그런 소속사보다 더 중요한 곳이 있으니, 바로 후원자였다.

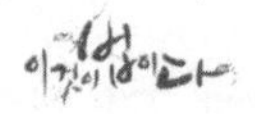

"펑 회장님이십니다."

소개를 받아서 만난 남자는 펑오룬이라는 중국인 거부였다.

그를 소개하면서 중국 소속사의 시선이 어쩔 줄 몰라 하는 걸 보니, 어지간히도 힘이 있는 사람인 모양이었다.

"펑오룬이라고 하오. 그래, 왈큐레 문제로 한국에서 왔다고?"

"그렇습니다. 왈큐레가 한국에서 좀 안 좋은 일에 휘말려서요. 그 부분에 대해 아셔야 할 것 같아서 말입니다."

"내가 그 정도도 모를까? 후후후."

그는 미소를 지으며 노형진을 바라보았다.

"이미 알고 있지. 하지만 여기는 중국이야. 한국에서 그렇게 시끄러워도 그다지 문제 될 게 없는 동네지. 그리고 그래서 뭐? 상품성만 있으면 되는 거 아닌가?"

노형진은 왠지 쓴웃음이 나왔다.

'참으로 아이러니군.'

중국은 공산주의 국가다. 그런데 가장 자본주의적인 말을 한다.

상품성만 있으면 다른 건 다 필요 없다니.

하긴, 중국에 펑오룬 같은 재벌이 있다는 것 자체가 더 이상 중국은 공산주의 국가가 아니라는 가장 확실한 증거다.

공산주의에서 재벌, 아니 부자는 죄악 그 자체이기 때문이다.

"한류의 힘은 대단하지. 자네도 알 거야, 왈큐레 팬이 중국에 얼마나 많은지. 난 차라리 이번 일이 기회라고 생각하네.

왈큐레가 중국에 집중할 수 있는 기회. 그러면 그 쪼그만 대한민국 같은 곳에서 버는 돈보다 더 많은 돈을 벌 수 있겠지."

자신감을 내보이는 펑오룬.

노형진의 예상대로 마한우가 그렇게 주변을 도발하면서 자신 있게 행동한 데에는 이유가 있었던 것이다.

"그러면 왈큐레를 데리고 온다는 계획에는 변경이 없는 거군요."

"내가 말하지 않았나, 기회라고. 더 많은 돈을 벌 수 있는 기회이고, 아예 중국 활동에 집중하게 할 수 있는 기회인데 내가 왜 마다하겠나?"

펑오룬은 미소를 지으며 말했다.

전형적인 자본주의의 미소다.

그러나 그가 자본을 가지고 있다는 것은 한편으로는 노형진이 그의 약점을 가지고 있다는 뜻이기도 했다.

"그렇다면 그로 인해 그룹에서 전쟁이 나도 상관없다는 뜻이군요. 알겠습니다."

"뭐라고?"

눈을 찌푸리는 펑오룬.

그리고 그 표정을 보고 노형진은 속으로 씩 웃었다.

'걸렸다.'

중국에서는 왈큐레의 한국 사태에 대해 잘 모른다. 그러니 상관없다.

그 말은, 펑오룬 역시 마찬가지로 한국 내에서의 자세한 내용을 모른다는 뜻이다.

물론 사업인 만큼 어느 정도 조사는 했을 것이다.

하지만 그건 어디까지나 조사 수준이지, 내부에 대해서는 거의 모른다고 봐야 한다.

특히나 이런 연예계적인 문제는 외적인 부분이 많이 보이는 게 보통이니까.

그러니 그 내적인 부분을 살짝 건드려 주면 된다.

그리고 그때 가장 좋은 방법은 사업 파트너의 믿음을 완전히 박살 내는 것.

"마한우가 이야기하지 않았나 보군요."

"마 사장이? 무슨 이야기?"

"마한우 사장이 지금 전쟁 중인 거."

"언론과 전쟁 중인 건 이미 알고 있네. 그래서 중국으로 오겠다는 의사를 비쳐 왔고."

"언론이 아닙니다."

"그럼?"

"마이스터와 전쟁 중이지요."

펑오룬의 얼굴이 살짝 굳었다.

마이스터가 장인을 뜻하는 독일어이기는 하지만 장인과 전쟁한다는 말은 아닐 것이다.

그렇다면 지금 머릿속에 생각나는 마이스터는 하나뿐이다.

"설마 내가 생각하는 마이스터가 맞나?"

"평 회장님이 무슨 생각을 하는지 제가 어찌 알겠습니까? 하지만 평 회장님은 제가 어디를 말하는지 읽어 낼 수 있는 능력을 가지고 있다고 믿어 의심치 않습니다."

"으음……."

평오룬의 얼굴이 딱딱해졌다.

이건 전혀 몰랐던 사실이다.

사실 모를 수밖에 없다. 없는 일을 그가 어찌 알겠는가?

중요한 건 몰랐다는 거다.

그리고 마한우가 말해 주지 않았다는 것이고.

'당연히 배신감이 들겠지.'

그리고 그 배신감은 모든 일을 망치는 주범이다.

"증거가 있나?"

"증거요?"

"그래. 그 말에 대한 증거 말이야."

"아무것도 없는 게 증거겠지요."

"뭐?"

"생각해 보세요. 멀쩡하던 그룹에서 갑자기 왜 왕따설이 튀어나왔을까요? 마 사장은 화선 양이 그 전부터 수차례 문제를 일으키고 단독 행동을 하면서 내부 분열을 일으켰다고 했습니다. 그런데 왜 전에는 안 걸리다가 이번에는 걸렸을까요?"

"으음……."

"그리고 왜 마 사장은 화선 양을 내보낼 수밖에 없을까요? 이런 일이 벌어질 줄 모르고 그랬다고 생각하십니까?"

"으음……."

인간은 적당한 뼈대만 그려 주면 알아서 거기에 살을 붙인다.

그리고 노형진은 대답하는 대신에 몇 가지 뼈대를 펑오룬에게 던져 줬다.

자연히 펑오룬은 머릿속에서 거기에 몇 가지 살을 붙였고 말이다.

"화선이 마이스터 쪽에 붙은 거군. 그리고 그게 문제가 된 거고. 그랬다면 모든 게 이해가 돼. 데뷔한 지 얼마 되지도 않은 여자가 그렇게 나가 버린 것도 그리고 마 사장이 그애를 내보낸 것도……."

"정답입니다."

"그러면 마이스터도 왈큐레를 노리고 있단 말인가? 기업도 아니고?"

"현재의 연예인들은 어지간한 기업들보다 더 많은 돈을 굴리지요. 그에 반해서 투자 비용은 상대적으로 미미하고요."

"으음……."

"거기에다가 마이스터는 사람에게 투자하는 데 아주 많은 관심을 가지고 있습니다."

"그렇군."

실제로 마이스터의 투자 대상 중에는 사람도 있다.

이미 그곳에서 투자를 받은 수많은 천재들이 두각을 나타내고 있고.

그래서 다른 기업들도 부랴부랴 천재들을 찾아 헤메고 있다.

기업이 아닌 개인에게 투자한다는 개념을 처음 도입한 게 마이스터다.

"자네는 그걸 어떻게 아나?"

"제가 마이스터의 한국 담당 변호인이기 때문입니다. 그 정도는 알아보실 수 있을 겁니다."

자신의 신분을 알려 주는 노형진.

당연히 그는 알아볼 테고, 그쪽에서는 맞다고 할 것이다.

그리고 펑오룬은 그쯤 되는 사람이 자신에게 거짓말을 할 이유는 없다고 생각할 테고.

"마한우는 마이스터와의 싸움을 대신 치러 줄 사람이 필요하지요. 그래서 회장님을 선택한 겁니다. 몸빵이라고 하지요."

"이런 개 같은 새끼가."

펑오룬의 얼굴에 은은한 분노의 빛이 떠올랐다.

자신을 고장 사냥개 따위로 생각하다니.

그것도 자신의 집에서 기르는 개만도 못한 녀석이 말이다.

"아마도 회장님이 나서면 마이스터가 손을 뗄 거라 생각했을 겁니다. 그런데 마이스터는 그럴 생각이 없습니다."

"어째서?"

아무리 마이스터라고 하지만 고작 아이돌 때문에 그렇게

신경을 쓸 이유가 없다.

그렇다면 다른 이유가 있다는 건데…….

"저도 잘 모릅니다. 다만, 소문에 따르면 마한우 사장이 미다스에게 아주 큰 실례를 했다고 하더군요."

"미다스에게?"

이번에는 펑오룬의 얼굴이 딱딱해졌다.

자신이 상당한 재력을 가진 부자라고 하지만 미다스를 이길 수는 없다.

그의 재산은 초 단위로 증식한다고 해도 봐도 무방할 정도로 어마어마하다.

가지고 있는 재산만 해도 수십조라는 말도 있고, FBI가 만든 가공의 인물이라는 말도 있다.

어느 쪽이든 그를 건드리면 좋은 꼴은 못 본다.

"싸우시겠습니까?"

"아니."

펑오룬은 깔끔하게 선을 그었다.

"고작 계집 몇몇 때문에 미다스와 싸우고 싶은 생각은 없네."

이건 이길 수가 없는 싸움이다.

자신은 미다스의 정체조차도 모르는데 상대방은 자신에 대해 너무나도 잘 알고 있다.

그리고 그 정도 되는 이라면 중국에도 사람을 심어 놨을 테니, 자신의 약점 또한 이미 파악하고 있을 가능성이 높다.

"이쯤에서 물러나지."

"잘 생각하신 겁니다."

"그나저나 그 인간이 제대로 미다스를 열 받게 했나 보군. 이렇게까지 하다니."

"회장님은 열 받지 않습니까?"

"당연히…… 열 받네. 중국이었다면 그는 죽었을 게야."

자신을 이용해서 미다스와 싸우려고 했다는 사실에 그는 진심으로 분노할 수밖에 없었다.

'그런 인간이면 미다스의 신경을 거스를 만하군.'

그런 인간들이 있다.

자신이 잘난 줄 알고 있는데, 그게 너무 심해서 자신이 누구라도 도구로 사용하고 이길 수 있다고 생각하는 인간들.

'마한우 그 새끼가 그런 인간인가 보군.'

그런 인간들이 자주 범하는 실수가, 자기보다 더 성공한 사람들까지 무시한다는 것이다. 그리고 그런 사람들이 얼마나 자존심이 강한지도 말이다.

"그러면 기회가 되면 나중에 뵙지요."

노형진은 미소를 지으면서 그곳에서 나왔다.

⚖

"그래서 중국 진출을 안 도와준다고?"

"안 도와주는 정도가 아니라 당분간은 중국에 입국도 못 하게 방해해 주기로 했어."

"헐, 미친. 그쪽에서 알면 어쩌려고?"

"과연 이미 뒤집힌 계획에 돈을 들여 가면서 조사할까?"

"아."

"기껏해야 내 신분에 대해 알아보는 정도겠지."

사실 그는 이미 마이스터 쪽을 통해 노형진의 신분에 대해 확인 요청을 했다.

그리고 담당자인 로버트는 해당 사항은 마이스터의 보안 사항이라 말할 수 없다고 못을 박아 버렸다.

'보안 운운하는 것에서부터 이미 확정적인 거지.'

개인적 보복을 대놓고 떠드는 사람은 없으니까.

당연히 펑오룬은 노형진의 말을 사실로 받아들일 수밖에 없다.

"그러니 이제 중국 진출은 물 건너간 거야. 아니, 이미 나가 있는 것도 완전히 막힌 셈이지."

소영민은 노형진의 스케일에 기겁했다.

설마 이 정도로 규모 있는 싸움을 걸 줄은 몰랐던 것이다.

"이거 일이 너무 커진 거 아니야?"

"아니야. 장기적으로 봐서 내가 도와주는 거야. 네 말이 맞으니까."

한국 그룹에는 7년의 저주라는 말이 있다.

아무리 인기가 있고 실력이 있어도 7년이 지나면 그룹이 해체된다는 것이다.

심지어 잊힌 것도 아니고 한창 신나게 활동하다가 갑자기 해체되는 경우도 많다.

“그러는 이유는 간단해. 성공하는 순간 장기적으로 가는 게 아니라 말 그대로 울궈 먹기 위해 과도할 정도로 돌리기 때문이야. 그러니 정작 연예인 본인은 탈진하는 거지.”

물론 탈진은 훨씬 전에 온다.

하지만 7년이라는 시간이 가지는 의미는 상당히 중요하다.

“보통 그때가 2차 계약이 끝날 때쯤이거든.”

갑자기 ‘나 안 해!’라고 해 버리면 가수는 소속사에 적지 않은 돈을 배상해야 한다.

하지만 계약 해지 이후에 재계약을 안 해 버리면 그럴 필요가 없다.

“그래서 해체한 그룹의 활동량이 확 주는구나.”

“그래.”

그때쯤이면 돈을 벌 만큼 벌었다. 무명으로 7년씩 활동하는 그룹은 없으니까.

방송에서 계속 활동하고 싶다고 해도 느긋하게 활동하는 거지, 미친 듯이 하루에 세 시간 이하로 자면서 활동하지는 않으려고 한다.

“쉽게 말해서 정신적으로 쉴 틈이 필요하다는 거야.”

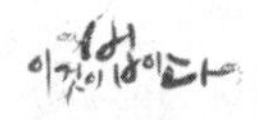

자신이 생각하지 못했던 문제다.

성공하면 끝이라고 많이들 생각한다.

하지만 성공하고 나서도 나름의 고민이 있는 것이 인간이란 존재다.

'나만 해도 그런데 말이야.'

노형진 스스로도 가끔 정신적으로 지치는데 매일같이 수많은 사람들 앞에 서야 하는 스타들의 정신적 피로도는 상상 이상일 것이다.

그렇다고 스트레스를 마음대로 풀 수 있는 상황도 아닌 게 그들의 현실이니.

"현실적으로 필요하다고 생각하니까 도와주는 거야."

"그러면 이제 어쩌지?"

"어쩌긴, 기다려야지. 과연 마한우가 무슨 소리를 할지 참 궁금한데?"

같은 시각.

"상무님! 그게 무슨 말씀이십니까!"

-자네랑 이야기하고 싶지 않네. 감히 회장님에게 거짓말을 해? 중국 진출은 없던 걸로 할 테니까 그렇게 알아.

"아닙니다. 전 거짓말한 거 없습니다! 진짜입니다!"

-이미 다 알아봤어! 너 같은 새끼를 믿은 내가 잘못이지. 하여간 중국 진출 건은 없는 줄 알아! 아니, 아예 중국에 발도 못 붙이게 할 테니 그리 알아!

"헉! 상무님! 상무님!"

그러나 상대방은 이미 전화를 끊은 후였다.

마한우는 다급하게 다시 전화를 걸었지만 돌아온 것은 걸쭉한 중국 욕뿐이었다.

"이럴 수가……."

마한우는 정신이 아득해졌다.

한국을 벗어나면 이 모든 게 해결될 거라 생각했다. 그래서 중국에 오랜 시간 공들였다.

그런데 이게 무슨 상황이란 말인가?

중국 진출은커녕, 아예 방송 출연까지 막혀 버린 것이다.

"으으으……."

그는 자신도 모르게 손톱을 씹기 시작했다.

"이러면 안 되는데……. 이러면 안 되는 건데……."

한국에서 이미지가 개판이기는 하지만 그다지 신경 쓰지 않았다.

중국은 한국보다 훨씬 크다. 그래서 훨씬 더 많은 돈을 벌 수 있기 때문에 한국 팬은 그다지 중요하지 않았다.

그런데 중국 진출이 막혀 버린 것이다.

"이럴 수는 없는 거야……. 이럴 수는……."

그는 머리를 부여잡고 신음 소리를 냈다.

그러는 사이에도 그의 파멸은 천천히 다가오고 있었다.

⚖

왈큐레의 숙소에는 침묵만이 흐르고 있었다.

중국 진출이 완전히 실패했다는 소식은 그동안 그거 하나만 바라보고 버티던 멤버들의 정신을 완전히 붕괴시키고도 남았다.

"우리, 그러면 어떻게 되는 거야?"

이미 한국에서의 이미지는 개판이다. 더 이상 어떻게 할 수 있는 방법이 없었다.

방송도 행사도 공연도, 모조리 취소되었다.

광고 회사에서는 소송을 걸겠다고 나섰고, 방송에 나가면 언제나 들리던 환호 대신에 욕설이 날아왔고, 그나마 나은 게 침묵이었다.

그것도 방송국에서 통제해서 그 정도였다.

당연히 제대로 통제되지 않는 행사장에서는 무대로 물병이나 쓰레기 같은 것들까지 날아왔다.

"우린 망한 거야……."

린아는 자신의 인형을 부여잡고 절망적으로 말했다.

이제 돌아갈 곳이 없다는 느낌이 너무나도 확 치고 들어왔다.

“좋게 생각해. 몇 년 만에 쉬는 거야, 하하하.”
“너는 지금 웃음이 나와! 그룹이 망하게 생겼는데!”
“결국 우리가 자초한 거 아냐?”
“뭐?”
“그렇잖아? 우리가…….”
“닥쳐! 그게 우리 잘못이야!”
“그럼 우리 잘못 아니야?”
“우리는 시키는 대로 한 것뿐이잖아!”
“싸우라고는 안 했지.”
“그년이 나중에 들어와서는 말도 안 되는 걸로 싸운 거잖아!”
“말도 안 되는 건 아닌 것 같은데? 솔직히 말해서 그 당시에 우리 상황이 더 말도 안 되는 거 아니었어?”
“…….”
한순간 침묵이 흘렀다.
그랬다. 그 당시에 새로 들어온 멤버인 화선은 지금 상황이 말도 안 된다면서 항의해야 한다고 주장했지만, 다른 멤버들은 나중에 들어와서 분란을 일으킨다면서 그녀를 무시했다.
그때는 그게 당연하다고 생각했다.
그러나 지금에 와서 생각해 보면 미친 짓이나 마찬가지였다.
땡전 한 푼 받지 못하면서 몇 달은 하루에 두 시간 이상 잔 적이 없었다.

공연 중에 실려 가면 부상 투혼이라고 포장되고, 수액 맞고 다음 공연장으로 달려가야 했던 삶.

인간의 삶이 아니라 춤추고 노래해야 했던 기계의 삶.

"한편으로는 시원하기는 한데, 한편으로는 아쉽네."

사실상 그룹이 끝장났다는 생각에 다들 침묵을 지켰다.

이제는 더 이상 무대에 설 일도, 사람들의 환호를 받을 일도 없다는 생각에 우울해하던 그때였다.

"배달요!"

"응?"

바깥에서 들려오는 목소리에 창문을 열고 살짝 바라보니 한 남자가 양손에 바리바리 철가방을 들고 서 있었다.

"왈큐레 씨, 여기 배달요."

"왈큐레 씨가 아니라 그룹이에요."

"알아요. 하여간 배달요."

배달부는 퉁명스럽게 말했다.

그리고 그걸 본 멤버들은 고개를 갸웃했다.

"우리는 배달시킨 적 없는데요?"

상황이 이 꼴인데 배달 같은 걸 시켰을 리 없다.

그러자 배달부는 영수증을 확인하고는 창문에 매달린 멤버들에게 말했다.

"팬클럽에서 보낸 거예요. 힘들어도 먹을 건 먹고 버티래요."

"……."

"그런데 저 인간들이 못 들어가게 하는데, 이거 어떻게 해요?"

"아, 그래서……."

어쩐지 벨을 누르는 게 아니라 창문에 대고 소리를 지르는 게 이상하다 싶었다.

회사에서 보내 준 경호원들이 입구를 막고 있었던 것이다.

"누군지 알고요? 배달부처럼 위장해서 들어가려 하는 놈들이 어디 한두 명입니까? 거기에다가 기자들도 바글바글한데."

"거참, 그러면 확인해 보든가."

짜증스럽게 말하는 배달부.

그는 오토바이 헬멧을 벗고 얼굴을 멤버들에게 보여 줬다.

멤버들은 그가 가끔 오는 중국집 배달부가 맞다는 사실을 알아차렸다.

그리고 해당 중국집에 전화해서 배달 내역을 확인한 다른 경호원 역시 고개를 끄덕거렸다.

"팬클럽이 와서 아까 배달시키고 갔답니다. 이럴 때일수록 잘 먹고 버텨야 한다고요."

"결제는?"

"현금으로 했고요."

"끄응……."

경호 팀장은 잠깐 고민했다.

하지만 신분은 이미 확인되었고 또 팬들이 보낸 것을 다시 돌려보내 버리기는 좀 그랬다.

"그냥 주세요."

"하지만……."

"그런 거 보내 줄 팬이 얼마나 남았겠어요."

린아의 처연스러운 말에 순간 분위기가 무거워졌다.

틀린 말이 아니기 때문이다.

매일같이 오던 선물 대신에 날아오는 것은 저주가 가득한 편지들뿐이다.

팬클럽도 순식간에 와해되었고, 팬이었던 사람들이 배신감에 도리어 더 독하게 공격하고 있었다.

"들여보내."

"팀장님."

"어쩔 거야? 팬이 보낸 걸 버려? 그러면 저기서 눈에 불을 켜고 있는 기자들이 참 좋아하겠다."

"아……."

이걸 모조리 보고 있는 기자들은 요즘 왈큐레가 화장실에만 가도 기사화하는 인간들이다.

그러니 여기서 이걸 반품하거나 버리면 내일 조간신문에 '왈큐레 팬들이 보낸 선물, 쓰레기통에 버려'라는 식으로 헤드라인이 뜰 게 뻔하다.

"하지만 그래도……."

"하지만이고 뭐고 뭐, 당분간 행사가 있냐, 뭐가 있냐? 관리하지 않아도 된다."

그 말이 묵직했는지 다들 씁쓸한 표정이 되었다.

"네, 들어가세요."

배달부는 툴툴거리면서 안으로 들어갔고, 그곳에서 온갖 비싼 요리들을 꺼냈다.

"헐."

"엄청나."

"이걸 다 먹으라고?"

"먹어, 먹어. 경호 팀장님이 그랬잖아, 아무것도 없다고. 이럴 때 아니면 우리가 언제 먹어?"

"하긴, 그래. 먹고 죽은 귀신이 때깔도 좋다더라."

활동할 때는 살이 찐다면서 밥도 제대로 못 먹게 했던 사장이다. 그러니 이런 건 구경도 할 수가 없었다.

"맛있게 드세요. 그릇은 바깥에 내놓으면 내일 수거해 갈게요."

별 관심도 가지지 않고 쌩 나가 버리는 배달부.

그를 씁쓸하게 바라보던 멤버들은 요리를 하나씩 안으로 옮기기 시작했다.

"어?"

"왜?"

"이거 빈 것 같은데?"

"뭐?"

그런데 그중 하나를 들어 보니 가벼운 느낌이 확 났다.

분명히 랩으로 포장되어 있는데 말이다.
"뭐지?"
투명한 랩 안에 있는 무언가를 확인한 그녀들은 당황했다.
"이건 무슨 장난이야?"
그릇 안에는 자장면 사진을 출력해서 넣어 놨다.
그래서 얼핏 보면 자장면 같았지만…….
"뭐지, 이건?"
"장난치고는 이상한데."
"다른 건 다 멀쩡한데?"
그 그릇만 이상하다는 사실에 다들 어리둥절했다.
"일단 뜯어봐."
그릇을 뜯어보자 내부가 드러났다.
그 그릇은 이중 구조로 되어 있었는데, 랩을 한 번 씌운 후에 그 위에 사진을 올리고 다시 한 번 씌운 형태였다.
그래서 얼핏 보면 꼭 진짜 같았다.
"이건 뭐지?"
그 안의 빈 공간에 있는 것은 접혀 있는 종이 한 장과 작은 핸드폰 하나였다.
"이게 뭐야?"
"무슨 편지지? 읽어 봐."
종이를 펼친 멤버들은 순간 당황했다.

이번 사태를 해결할 방법이 있습니다.

당신들이 믿든 안 믿든 그건 자유입니다.

그럼에도 불구하고 이렇게 연락드리는 것은, 이 작전을 쓰기 위해서는 필연적으로 귀사의 사장인 마한우를 쳐 내야 하기 때문입니다.

만일 그룹을 다시 살릴 생각이 있다면 이 핸드폰을 가지고 계십시오. 연락드리겠습니다.

단, 사장에게 이 계획이 들어가면 모든 계획은 없었던 것이 됩니다.

그뿐만 아니라 당신들과 같은 일이 다시는 벌어지지 않도록, 당신들이 재기하지 못하도록 전력을 다할 것입니다.

그러니 잘 생각하시기 바랍니다.

추신.

당신들이 중국으로 진출하지 못한 것은 제 힘으로 만든 결과입니다. 그러니 제 힘이 어느 정도인지는 아실 거라 생각합니다.

멤버들은 순간 말문이 턱 하고 막혔다.

팬클럽에서 보내 준 음식에 이런 편지가 들어 있을 줄은 꿈에도 몰랐다.

"이건…… 무슨 장난이야?"

"장난은…… 아닌 것 같은데?"

"뭐?"

"그렇잖아. 장난을 치려고 이렇게까지 한다고? 당장 이 음식값만도 얼만데."

흔한 자장면이나 짬뽕이 아니다. 소위 요리라고 하는, 일반적으로 먹기 힘든 것들이 잔뜩 왔다.

아무리 적게 잡아도 30만 원 이상은 될 만한 양이다.

"거기에다 이 핸드폰, 완전 최신 기종이야. 이거 사려면 못해도 120만 원은 줘야 해. 이런 장난을 누가 쳐?"

"그러면 진짜로 이 사람 말을 따라야 한다고?"

"그건……."

"너, 사장님을 배신하려고 하는 거야?"

"배신하려고 하는 게 아니야. 그냥…… 우리도 살길을 찾아야 하잖아. 이대로 망할 수는 없잖아."

"그걸 배신이라고 하는 거야!"

"그러면 어떻게 해? 그냥 이렇게 망해?"

"사장님한테 말씀드려 보자."

"미쳤어? 경고 못 봤어? 알려 주면 우리 망하게 한다잖아."

"망하게 할지 어떻게 알고……."

"진짜 힘이 있는 사람이면? 보면 몰라? 중국 진출도 거기서 막았다잖아. 무서운 사람이면 어쩌려고?"

"그러면 이런 고약한 장난을 그냥 넘겨?"

"장난 아닌 것 같다고. 보면 몰라?"

티격태격하는 멤버들.

그리고 좀 떨어진 곳에서 노형진은 차량에 앉아서 그 소리를 듣고 있었다.

"기분이 좋지 않다."

"왜?"

"아니, 몰래 대화할 방법을 찾긴 해야 되지만 그렇다고 이렇게 핸드폰에 도청기까지 심어서 보내야 하냐?"

소영민은 찝찝한 듯 말했다.

도와주기 위한 방법은 대충 완성이 되었다. 하지만 그러기 위해서는 마한우 몰래 연락해서 왈큐레를 빼 오는 것이 필수적이었다.

그래서 노형진은 그녀들에게 이렇게 몰래 편지를 보낸 것이다.

다른 식으로 보내 봐야 사장이 다 감시할 테니가.

"그래야지. 누구도 믿으면 안 되는 게 이 바닥이야."

"끄응."

"너 의리 우습게 보지 마라. 저 애들이 그렇게 악착같이 뜯기면서도 버틴 이유가 뭔데? 좋게 말하면 순수한 거지만, 나쁘게 말하면 마한우 그 새끼가 그래도 믿을 만하다는 거야."

"그래서 이 일이 마한우 귀에 들어가면 안 된다 이거야?"

"그래."

마한우가 이 사실을 알면 아마도 그걸 이용해서 역으로 함정을 팔 것이다.

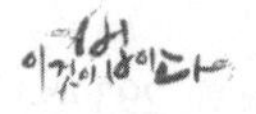

누가 방해했는지 알아내어 잡아내려고 말이다.

"그렇게 되면 우리 계획은 물 건너가는 거지. 너, 돕고 싶다면서?"

"그렇지."

"남을 도울 때는 그를 너무 믿는 것도 곤란하다. 특히나 법적인 문제에서는."

"끄응…… 복잡하다, 복잡해."

"더럽고 복잡한 세계에 온 것을 환영한다."

"괜히 한다고 했어."

소영민이 툴툴거리는 와중에도 왈큐레의 목소리는 계속해서 도청기를 타고 이쪽으로 넘어오고 있었다.

"어찌 되었건 결판은 내일 날 거야."

그녀들이 자기들이 살 길을 찾을지, 아니면 핸드폰을 들고 사장을 찾아갈지.

"어느 쪽을 선택하든 그녀들이 선택한 삶이니 그 책임은 그녀들이 져야지. 우리가 할 수 있는 것은 그저 기다리는 것뿐이야."

노형진의 말에 소영민은 스피커를 물끄러미 바라보았고 그 너머에서는 많은 이야기가 오가고 있었다.

다음 권으로 이어집니다

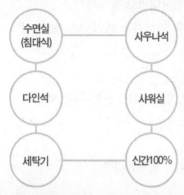

역대급 창기사의 회귀

조선생님 판타지 장편소설

ROK FANTASY STORY

'급'의 차이를 보여 줄 창기사가 돌아왔다!
『역대급 창기사의 회귀』

첩의 자식으로 태어나
창 하나로 오랜 내전을 종식시켰으나
믿었던 황제와 동료들에게 살해당한 조슈아

눈을 떠 보니 어린 시절로 돌아와
기쁨에 차 복수를 꿈꾸지만……
황제의 음모는 이미 시작되고 있었다!

놈이 눈치채기 전에 대륙을 평정해야 한다!
올겨울, 당신의 예상마저 뒤엎을
무패의 기사의 대역전극이 펼쳐진다!